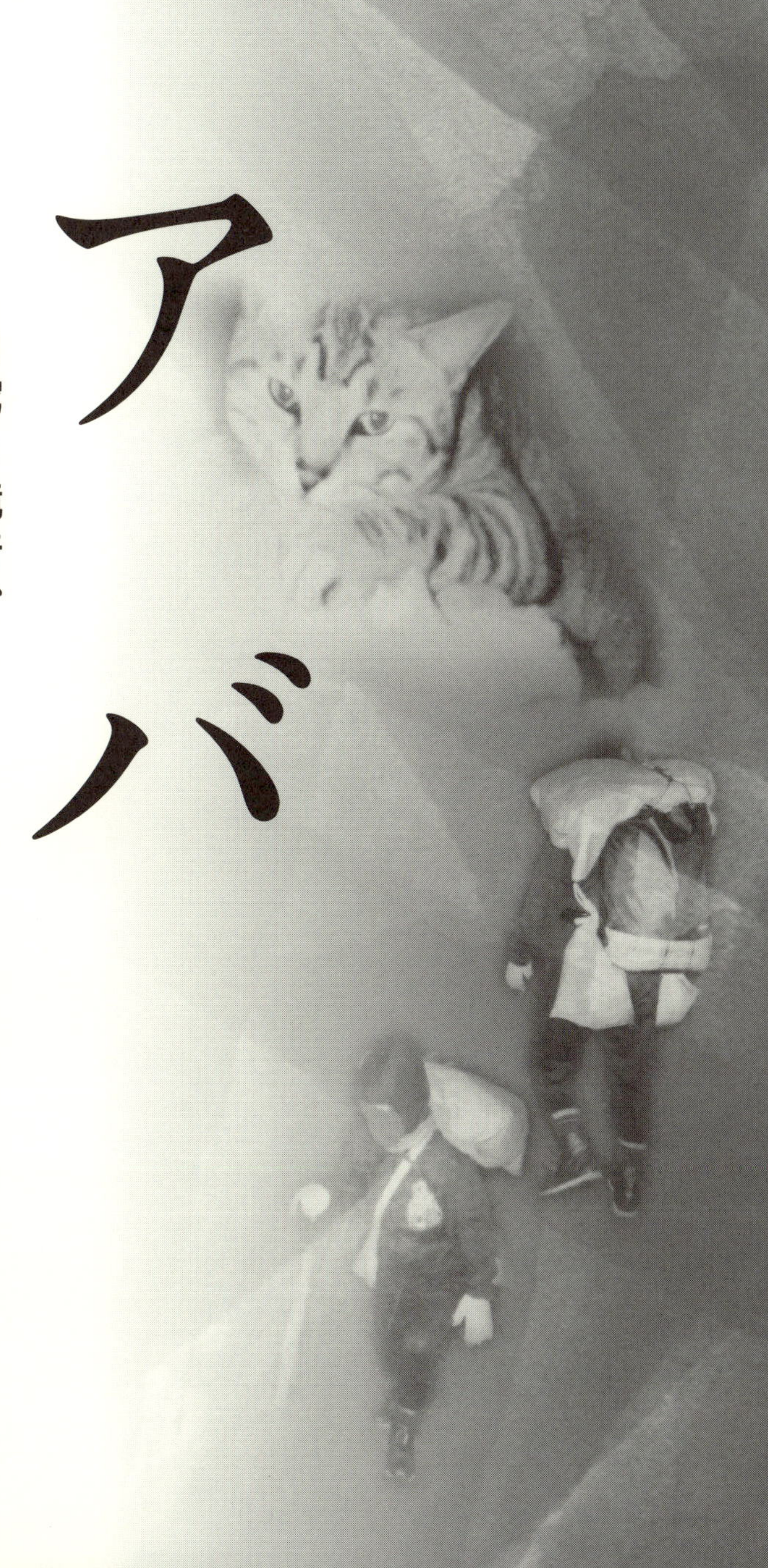

アバ

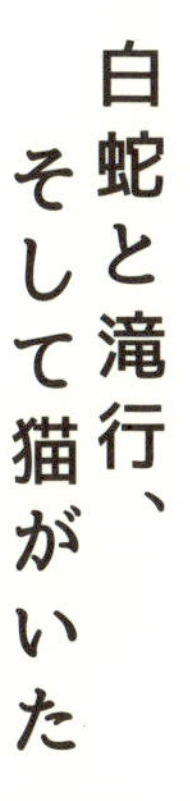

白蛇と滝行、
そして猫がいた

大牧青以（おおまきあおい）

文芸社

アバ

白蛇と滝行、そして猫がいた

はじめに

子供の頃、アンデルセンの「醜いアヒルの子」という童話を、何度か耳にしたことがあります。この物語の主人公、町子さん（仮名）も同じような境遇で生まれてきました。

「醜い子」と蔑(さげす)まれ、耐え難いいじめに遭(あ)いますが、アバという指導者に出会い、動物や人に対する思いやりの心を学んでいきます。その後もあきらめることなく、希望を持ち続け、美しい成人に育っていきます。

しかしながら、町子さんには、次から次へと不幸が待っていました。肝臓癌(がん)を患い、余命の宣告を受けるのです。それでも、気を取り直し、明るく気丈に生き抜いている町子さんには、本当に頭が下がります。たとえば、どこへ行くわけでもなく家と病院の往復であっても、最高のオシャレをして外に出かける。それは、人生をあきらめるのではなく、明日への生きる希望であり、やる気を持ち続けるための自分への励ましの心なのです。

彼女と知り合い、話を聞くうちに、過酷な人生をたどりながらも、強く美しい心を持つ彼女のすばらしい生き方を、世の中の人に伝えたいという思いに駆られ、筆をとりました。

白蛇（しろへび）と滝行（たきぎょう）。誰も真似のできない、町子さんの生涯を、ほんの一部、少しだけ、覗いてみてください。

大牧　青以

目次

瘡をもらい生まれた子

「家の使うたらあかん、ここは、私ん家の川や、誰も汲んだらあかんで。誰も、家の川で、洗濯しちゃあかん」

わたい、町子は一人で頑張っていた。

子供の頃というものは、自分が、一番、偉い子のように思ったり、家のまわりにある物すべてが自分の物のように考えたりすることがある。それらが笑いで済むような可愛いものであればいいが、そうではなかった。「意地の悪い、憎たらしい子」、近所の人々は、そう、思うたに違いない。とにかく、家の前には川が流れ、小さな川であったけれども、みんなが、採れた野菜、果物などを洗ったり、ある時は、洗濯したりして、生活の一部として利用していた。また、言葉を交わし、付き合いの場所でもあった。

今でこそ、この辺り、妙見山のふもとは、大きな町になり、分譲住宅が立ち並んで、すっかり変わってしまったけれども、その頃は、山あり、田あり、畑ありの村で、それはのどかで静かな所であった。ところが、どの時代にも泥棒さんはいるもので、山や田畑に季節の物が採れる頃になると、せっかく大きく育てた食べ物が、一夜のうちに持ち去られてしまう。自然薯、松茸、竹の子などの見はり番を、家族が交代でやらなければならず、忙しい時期であった。

「町子、採られるとあかんよって、しっかり外で番するんやで」

わたいは三歳。おてんばなわたいに、まわりは手をやいていた。わたいは木の枝を振りながら、塀の上に腰かけて、川の番をする。

わたいの格好はといえば、貧乏でもないのにつぎはぎだらけの服を着せられて、それはもう、今思えばひどいものであった。

「なんでわたいだけ、ボロボロの服、着せられるんやろ。なんでやろ。妹にはピカピカの新しい服、着せてるのに。どうして、こんなに違うのやろ」

不思議で仕方なかった。

わたいは八人きょうだい。兄が三人、姉が三人、そしてわたい、それから妹という順番だ。兄や姉たちは年がかなり離れていたので、あまり一緒に遊んでもらった記憶がない。唯一、三つ上の兄だけがいやな顔もせず、遊んでくれていた。わたいが、数え三歳の頃は、母親がそりゃあもう大事にしてくれて、

「かわいそうな町子、かわいそうな子」

そんなことを言って、いつも気にかけてくれていた。わたいは母親にべったりひっつき、毎日のように甘えて、それはそれは楽しい日々を送っていた。それなのに、どうしてわたいをかわいそうだと言っているのかというと、わたいは体中瘡をもらい、生まれてきた。わたいのせいではないのに、目も、鼻も、口も、耳も、手足、とにかく体中、瘡がある皮膚病で、目なんか近くの物がやっと見えるくらいの、醜い子供であった。頭の毛さえも、生えてない。あちこち痒いから、ボリボリ掻く。ばい菌がくっついて、皮膚はただれ、ますます醜い体になっていく。近所の人やら、子供やら、みんながわたいを見て、「汚い、臭い、あっち行け」というふうに、除け者にされた。一人でいる時には、石やらが飛んできて、それはもう、ひどいものであった。

母親は、家の近くからどくだみを採ってきて、石で磨り潰して、胸や背中に貼ってくれたり、汚れた顔を毎日のように水で洗い流してくれたりして、優しくしてくれていた。子供心に、嬉しかったこと。今でもうっすらと覚えている。それなのに。

ある日、母親と道を歩いていた時、いつものように母親の腕にしがみついたら、肘(ひじ)でクッと、わたいの胸を突(つ)いた。

「何や」

と思いながら、もう一度、しがみついてみる。やはり同じようにクッと、胸を突いてきた。その時以来、母親は手を引いてくれるどころか、誰かに馬鹿にされても知らない顔をして、わたいのことを相手にしなくなった。物心ついてから、初めて親から受けた辛(つら)い仕打ちであった。

「どうしてお母ちゃんは、わたいに冷たいのやろ。構(かも)うてくれんのやろか、何か悪いことしたのかな」

そんなことを考えて、もう不思議で仕方がなかった。淋しくてどうしようもない。

そのうち、近所の人たちと出会うと、母親はこう言われていた。

「体、大事にしいや。気いつけや、転んだらあかんで」

そう、後で思うと、あの時お腹に妹がいたのであった。日に日にお腹が膨らんできた母親は、わたいが触(さわ)ると、また変な子ができるかもと考えたに違いない。それからというもの、母親は、わたいなんか全然相手にしなくなった。まだ三歳の親の恋しいわたいには、辛く、淋しい毎日であった。

妹が生まれると、わたいのことはもうすっかり忘れてしまい、妹を可愛がった。悔しいことに、妹は瘡なんか一つもないし、可愛く、きれいであった。妹に着せる物、食べさせる物、可愛がる姿は、わたいとは全然違う。兄や姉たちも態度が別人。なるほど、わたいの体は瘡だらけで、何を着せてもすぐによごれて、汚くしてしまうかもしれない。それでも、一度だけでもいいから、新品の服が着てみたい。小さな子供の心が傷つくこと、わかっていたのか。

そんな中で、わたいは、門番をさせられていた。家の敷地の前に川が流れており、古い家ではあったが大きな門のある、まあまあのお屋敷であった。

自然がいっぱいのこの村は、空は青いし、空気はおいしいし、何も言うことなしのすばらしい所であった。食べる物、作物がよく採れる。

わたいは母親にとってどうでもいい子であったから、自分なりに、瘡っぱちでいらん子やと、なんとはなしにひねくれていたような気がする。

その日も相変わらず、塀に腰かけて、番をしておった。目の前を、ゾロゾロ歩くおばあさんがおる。白い着物を身に着けた、変な人だった。

「何やろな」

少し気になる。けど、見はり番をする。春から夏、夏から秋。

「また通った」

山の物、畑の物、田の物、季節の食べ物ができる頃になると、毎日のようにその辺りを遊びながら、うろうろ、見はり番をして過ごした。その日はたまたま三つ上の兄が一緒で、

「町子、へそのゴマ、取り合いしよう」

「よっしゃ、やろう」

この兄だけが優しく、時々遊んでくれた。マッチ棒を持ってきて、二人でお腹を出す。一分の間にどれだけへそのゴマが取れるか、多い者の勝ちだ。新聞を広げると、その横に五銭ずつ置く。

「よーい、どん」

兄が数を数える。兄は賢いからマッチ棒の角のある方で、わたいは痛いのがいややから火のつく丸い所でゴマを取る。兄に負けたくないから、真剣に思いっきりつっつ

いていっぱい出すと、わたいの勝ち。それでも、新聞の横に置いた五銭で、アメ玉を兄と二人で一個ずつ買ってきて食べると、おいしかったこと。何も考えずに、一日が過ぎた。

夜、何かしらお腹、おへそがジクジクして痛い。みるみるうちに腫れてきて、まるでザクロみたいになってきた。痛い、痛い、もう辛抱できそうにない。誰かが近くの診療所まで、リヤカーで連れていってくれた。今ならタクシーを呼ぶのに、その頃はリヤカーが、いい乗り物の一つ。

診療所の先生が、へそに薬を塗って大きな絆創膏を貼ると、

「町子よ、これから、へそは大事にせんとあかん。石けんでゴシゴシ擦っても、ほじくっても、あかんで。また痛うなったら、いややろ。触らんときや、ええな。へそは素通りやで」

「うん、わかった」

それからというもの、わたいはあの時の辛さが忘れられない。七十年近く、時々思い出しては、へそに絆創膏を貼って過ごしてきた。

肝臓癌でお世話になっている先生が、おへそから一センチほど突き出て、絆創膏を

貼った姿を見つけると聞かれる。

「それは、何ですか」

「先生、おへそは素通りせんと、えらい目に遭うから」

子供の頃の兄とのへそのゴマ取りでひどい目に遭い、診療所で「へそは素通りや」と言われた話をすると、先生は笑って、

「このまま、置いておきましょう」

と言った。また、素通りすることになった。

七十四歳の時、お風呂の中でプカプカ浮いている物を見つけた。顔を近づけると、臭(くさ)いこと、臭いこと、もうたまらん。あのへそゴマが出てきたのであった。それでも、わたいはタオルで拭(ふ)くと、また、絆創膏を貼った。

「素通り、素通り」

さて、アバとの出会いの話。それは、わたいが母親に見捨てられたと感じた、淋しくてどうしようもない、辛い時のこと。

四歳の時、冬の寒い日であった。母親に忘れられたわたいは、足袋(たび)一つ買うてももらえず、素足にわら草履(ぞうり)をはいていた。また、今では想像できっこないような継(つ)ぎ接(は)

ぎだらけの服とモンペをはいて、それも穴が開いたら誰も直してくれる人がいないから、自分でご飯を潰して服に貼って着ていた。袖口とか、肘の所、脛なんかはボロボロで、みんなから、「乞食の子、乞食の子」と言われていた。それを知っているのに、それでも母親は、妹のことしか頭の中にはなかった。わたいのように瘡のある子は、もうどうでも良かった。

みぞれ交じりの、寒い日の朝であった。わたいは、その日も川の番をして、塀を叩いて、退屈を紛らしておった。その時、白いお腰に、何か入った唐草模様の一反風呂敷を背中に背負って首元でくくりつけ、手にはつぼを抱えて足は素足のままわら草履をはいて歩いている、不思議なおばあさんが通った。近所の子らは、そのおばあさんを、茅葺の家に住んで、白蛇まで飼っている気持ちの悪い家や、そんな噂をしておった。

「ほんまやろか」

なんでか気になる。気になると、知りたい気持ちが頭いっぱいになって、どうにも仕方がない。また今日も、家の前を通る。わたいはもう我慢ができずに、自然とその人の後をつけていくことにした。

みんなはその人のことを「アバ」と呼んだ。アバの仕事は、いたこ。霊界と人間との間に立って、神おろしや、死霊との口寄せをする巫女(みこ)さんのこと。霊魂を招き寄せ、その思いをアバの口を通して、他人に伝える。

今ではわかるけれども、その時のわたいには何をしているか、不思議なことだらけであった。アバは朝早くから、毎日、白い着物を着て、つぼを片手に風呂敷を持つ。そうして、首元には大きな数珠(じゅず)を掛けて、いつ見ても同じ格好をして、ゾロゾロと山の方に向かって歩いていた。

「この女の人は、何しに、どこへ行くのか」

わたいは子供なので、白髪を見て七十歳くらいのおばあさんに見えたけど、今思うと若かった。たぶん、五十歳くらい。

アバは、わたいの家の前を通り過ぎて、黙々と歩いている。川に沿って歩いていくと、だんだんと人気のない山道に出て、川の横に狭い道があり、それは妙見山へと続いている。アバはその妙見山に向かって、振り向きもせずに素足で草履ばきの足を静かに動かして、黙々と進んでいく。それから、一時間ほど歩いたと思う。わたいは、アバの後を見つからないように静かにそうっとつけていくことに夢中で、辺りがどうなっているか全然覚えておらず、子供の足のこと、たぶん小走りで行ったと思う。途中で、道が二つに分かれて、右の方へと歩いた気がする。アバはそんなわたいにも気づかずに、妙見山の石段を一段、二段、数え切れないほど上がって、お宮のすぐ横に、体が押し潰されそうなすごく大きな岩があり、その横を歩く。険しい道やなだらかな道、それから森を通り過ぎて草木の茂った細い道など、いろいろな道を歩き続けて行くと、どこからともなしに、ザアザアと滝の流れる音がしてきた。隠れながら近づいていくと、狭い岩と岩の間を通り過ぎた。そこには、今まで一度も見たことのない大きな滝があって、もうあふれんばかりの水がザァーザァーッと、ものすごい勢いで流れていた。

アバは白いお腰をして、おっぱいが見えるくらいの甚平(じんべい)を着て、岩の間から滝の方に向かっていく。みぞれがポツポツと、滝の上の方から降ってくる。そんな寒い日であったのに、アバは水の中に裸足(はだし)で入っていく。わたいは寒さで身震いしながらも、じっと隠れて見ていた。

最初、ポットンポットンと少しずつ落ちてくる水の前に立つと、その下につぼを置いて、水をためる。それから、すぐ横にお灯明(とうみょう)を灯(とも)す。勢いよく流れてくる滝の下に立って、大きな数珠を両手の間に入れてから、手を合わせる。そうして、頭からザアーッと、水に打たれ始める。

「なんまいだ、なんまいだ」

他にも何やらわかりづらいことを叫んで、大きな声で拝んでいる。大人が五人ほど入れるくらいの大きな滝の下で、白い着物は頭から全身まで、あっと言う間にびしょ濡れ。体温で温まった水が、白い湯気(ゆげ)になって、アバの体からシュワーシュワーと上がってくる。その湯気が、次から次へとどんどんどんどん現れて白くなり、シュワーシュワーとアバの姿が隠れてしまうほどの湯気が出てきた。

「アバ、神様みたいや」

何もかも忘れたわたいは、思わず叫んで、立ちつくした。

何度も叫んだ。すると、アバの声が止まった。わたいに気づいたアバは、そうっと近づいてきて、

「おったんか」

そう言うと、また滝の下に行き、水に打たれる。

シュワーシュワーと白い湯気が、どんどん上がってくる。

「アバ、寒くないんか。すごい人や」

そんなことを考えていた。

やがて、滝の水に打たれて寒さと闘うこと、二十五分ほど。一心に拝んで、横に置いたつぼの水が七、八分目くらいまでたまると、お灯明も消えて、水から上がってきた。風呂敷から出したきれいな白い着物に着替えて体を整えると、帰り支度を始める。そうして、アバはわたいの前に来て、

「やってみるか」

「うん、やってみる」

わたいは、そう答えた。かけられた声は、優しい。それでいて、力強い声であった。わたいは、アバの前に手をついて、

「アバ、弟子にして。何でもするから、弟子にして」

思わず言うてしもうた。本当に、弟子になりたいと思った。妹ばっかり可愛がる母親、わたいを忘れてしまった母親の顔が、目の前に浮かんできた。でも、アバなら、

助けてくれる。

「辛いぞ、それでもやるか」

「やる」

わたいは、そう答えた。あまりにわたいが熱心に言うもので、

「よっしゃ、それなら、両親に話してみる」

と、アバは言ってくれた。

アバは毎日、知らぬ顔して家の前を通っていたのに、わたいがいらん子でみんなに相手にされずに辛い思いをして暮らしていたことを全部、知っていた。


その日の夜、アバがやってきた。両親の前で、

「この娘を、私に育てさせてほしい」

そう熱心に頼んでくれた。

「よろしおまっせ。この子はわがままやさかい、鍛(きた)えておくんなはれ」

母親は、二つ返事であった。

小柄な父親は元気でいたけれども、家族が多いもので、みんなのために精いっぱい

働いて疲れていた。子供のことは全部母親任せで、その時は何にも言わずに、わたいはその日からアバの家に預けられることとなった。四歳、やっと物心のついたあの日を忘れることはない。冬の寒い日であった。

アバの子

アバの家は、すぐ近くにあった。わたいの家が道路を挟(はさ)んで東向きに建っておるのと反対に、アバの家は西向きの方向にあった。広いお屋敷のまわりには、アバの田んぼや畑がいっぱいあって、その広いのには驚く。そして、お屋敷は田畑に囲まれた、その中に建っていた。家は茅葺で、ゆとりはあるのに、本当に質素な暮らしをしていた。「人は、死ぬまでが、修行や」と言って、贅沢(ぜいたく)をせずに、何でも自然の物を利用していた。必要な物は、ほとんど手作りが多かった。十畳ほどの部屋が二つもあって、広い。家の中には、誰かが言っていた通り、本当に白蛇が住んでいた。

アバの子になって、一日目のこと、わたいに仕事をくれるという。お水汲み、それ

とも草引き、そんなことを考えていたのに、

「町子、おまえは白蛇の係や。おまえより先に住みついておるから先輩やぞ。食べ物を運んで、世話するんやぞ。怖いと思うたら、白蛇が咬みついてくる。決して動いたり、暴れたりせんこと。心から世話をしてあげたら、何にもせんから。ええな、白蛇は神様の使いやから、大事にするんやで」

「うん、やってみる」

とは言うたものの、わたい、本当は蛇は嫌い。苦手や、どうしよう。

「やらんと、あかんのや」

一階建ての広い家の中に、中二階のような、昔の人は食べ物や保存食を蓄えておく物置があった。梯子を伝い上にあがると、お米やらお芋やら、乾燥野菜などが、どっさりと置かれてある。その片隅にわらが敷かれてあって、その真ん中にそんなに大きくはない白蛇が二匹いる。赤い目をして赤い舌をペロペロ出し、とぐろを巻いて、わたいを見ていた。ぞうっと寒気がして逃げたい気持ちになったけれども、我慢する。白蛇の食事、それはうずらの卵七個とお神酒。お神酒は、白蛇の好物であることを初めて教えられた。「お正月でもないのに、お酒を毎日飲ませるなんて」と思ったが、

アバが大事にしていることがよくわかった。

夫婦連れの白蛇は、子供を産んで、七、八匹にもなっていった。子供は親と一緒にいて、大きくなるとどこかに行ったり帰ってきたり、その様子を毎日、ずうっと見てきた。生まれてすぐの白蛇の子は、まるで白子（しらす）のようであったから、わたいはいまだに白子だけは食べることができない。

アバが木の皮で作ったかごを肩に掛けて、お神酒とうずらの卵七個を中に入れ、梯子をよじ登っていき、毎日白蛇に食べさせるのが、わたいの仕事。白蛇はとぐろを巻いたまま顔を持ち上げると、天井を向いて、思いっきりあごを伸ばす。そうして、カクッとあごの骨（ほね）を外（はず）すと、卵を一つ一つ飲み込んでいく。お神酒は、赤い舌を出して、お茶碗からペロペロと夫婦で交代においしそうに、なめて飲む。一日一回、それは、毎日続いた。いったい、どんな世界であったのか。

また、敷地の中には、井戸が二つあった。飲み水用と田畑用の水とに分かれていて、田畑用の井戸には蛇がいた。トイレも二つあって、広いきれいなトイレはお客用。アバは、もう一つのトイレを使う。わたいは土に穴を掘って自分用のトイレを作るように言われて、スコップで掘り、作った。夜中のトイレは危ないから、二回、アバが一緒に行ってくれた。

食べ物はというと、全部、自給自足。お客さんからたまにお菓子とか手みやげをいただく他は、自分からお金を出して物を買うことは一切、したことのない人で、その代わりに必要な物はすべて自分で作ってのけた。お米ももちろん、田植え、稲刈りもアバが行い、わたいも小さいなりにできることは手伝って、最初の種まきから食べられるまで世話をした。季節の野菜、果物、放っておくとすぐに生えてくる草刈りなど、それはもう朝から晩まで休むことなしによく働いた。ジクジクしてくる体を掻くことすら忘れていた。いやなことを考える暇もない。肉類は仕事上、食べない決まりがあった。白蛇のために、鶏を四十羽ほどとうずらも飼い、白蛇が鳥小屋に入ってこないようにしっかりと囲いもした。そして、その卵を貰う。その世話も忙しい。それに、うさぎもいて、世話が大変な毎日であった。

洗濯も、アバが、稲のわらを焼いて、その灰を石けんの代わりにする。わら灰を汚れた洗濯物の中に水と一緒に一晩漬けておくと、嘘みたいに汚れが取れる。わたいの瘡の体も、この灰を石けん代わりに使って洗ってくれたのも良かったのか、あのガンコな汚い皮膚が少しずつではあったけれども、きれいになっていくのがわかった。

いろんなことに慣れてくると、自分のことは自分でする。子供でも、助けてはくれない。わたいの手先の器用さは、その時のおかげなのかもしれない。

アバは魚捕りの前の晩、木の皮で網を作ると、それを張りにいく。翌朝の暗いうちから起こされて、川に魚捕り。葭の生えている根っ子の下に魚が住んでいるから、その下に網が張ってあって、わたいが棒でつっつく。すると、水がはねて天然の鮒、運の良い日は鰻まで網にかかる。たくさん捕れると、楽しく、おもしろい。わたいは手を叩いて、大はしゃぎ。いやなことを何もかも忘れて、毎日、あふれるほどの食べ物をお腹いっぱい食べさせてもらい、それはそれは幸せな日々であった。

アバは、二匹の鰻を台の上に並べて、「町子、メスはどれや」と聞く。

「わからんけど、大きい方かな」

「そうや、メスはな、身太いし、幅も広い。オスは痩せておるし、味がもう一つや。大きなって、鰻を買うことがあったら、身太いメスの方を買うんやで」

そんな話をしてくれた。魚もオス、メスがあって、なるほど、それはそうや。そうでないと増えへんもの、アバの言う通りや。区別できるのはすごいと思いながら、わたいはうなずく。

家の中の灯りはというと、ランプもなかったので、布に油を沁み込ませて少しだけ灯る、本当の灯。そこで、陽が沈んで辺りがうす暗くなってくると、アバと早くから布団に入る。アバはわたいを抱え込んで、母親のように温めて、寝てくれた。わたいの瘡の体なんかなんとも思ってない。そして、朝起きると、ご飯の前に妙見山へ、滝の水に打たれにいく。

滝行、それはアバの修行、日課の一つであった。アバの弟子になった次の日から、わたいも同じように滝行をさせられた。二人で、自分の親やきょうだいの住んでいる家の前を通って、妙見山まで歩いていく。

「家の誰か、見てるかな」

ふと、見ながら通る。けれども、その気配はない。アバは髪の毛を束ねて、風呂敷、つぼを腕に抱えて、白装束の格好をして歩く。その後ろから、わたいもついて歩く。

みぞれ交じりの冬の寒い日、滝に着くと、わたいには着る物なんかない。上半身裸でパンツ一つ、アバの横で、水に打たれる。寒い、落ちてくる水が、頭と顔にバシバシ当たってきて、痛い。

「おお、寒い」

これは現実か。アバが最初に言った、

「辛いぞ」

その言葉は、冬の滝行のことや、と思った。

「寒ないか」

「ううん、大丈夫」

わたいは、必死で堪える。弟子になって一日目から、

「寒いから、いや」

そんなこと、言えるはずない。もう、アバの所しか居場所がない。わたいはぐっと、握り拳に力を入れる。

「汚い、臭い、あっち行け」

みんなから言われた言葉を思い出す。母親の、妹ばっかり世話する姿を思い出す。その心の辛さを思うと、辛抱できる。

「アバ、おしっこ」

「そのまま、させてもらい」

「なんまいだ、なんまいだ」

アバは、長い数珠を手に掛けて拝んでいる。

わたいも、小さいけれど、サンゴの赤い数珠を貰った。合わせた両手に引っかけて、一緒に、

「なんまいだ」

と言う。凍(こご)えそうになる体も、じっと耐えて滝の水に打たれていると、いつの間にか体がポカポカと温かくなって、気持ちがいい。シュワーシュワー、アバの、そしてわたいの体から出る熱が、白い雲のように浮かんで出てくる。

アバはわたいの瘡の体を自分の懐に抱え込んで、お腰の角でとても優しく、洗い落としてくれる。タオルなんかもったいない時代、瘡を落としてくれるのは、アバのお腰の角っ子。毎日、滝の水で洗い流してもらううちに、わたいの目はだんだんと開いて、そうして少しずつではあるけれど、見えるようになってくる。体の方も、少しずつ少しずつ、きれいになってくる。

「アバ、ありがとう」

心の中で、何度、感謝したことか。そうして、三百六十五日、毎日、滝行は続い

た。それこそ、寒い日も、暑い日も、雨の日も、風の日も、休むことなく、朝、目が覚めると、一日は滝行から始まる。おかげで、カゼ一つひかず、元気な体で過ごすことができた。

辛い冬も過ぎて、やがて春になる。辺りは菜の花が咲き、木々が新芽を吹き始め、どこもかしこも緑一色になる。小鳥が鳴き、やっと冬を越すことができた。嬉しい。

それから夏。夏は、わたいにとって、嫌いな滝行。暑い夏の滝行は、すごく楽なように感じるが、そうではない。まず、滝行に行く前に、アバが杖（つえ）みたいな手作りの木の棒を持たせてくれる。手で持つ方は、くの字に曲がって、高い所の木の実やら、枝を引っかけるのに使う。なるほど、便利のいいもの。下の方はというと、二股（ふたまた）になっている。それは、何に使うか、不思議に思う。

「まさか」

五月も終わりの頃になって気温も上がり、暖かい日が続いてくると、道端に蛇、特に、蝮が出てくる。

「噛まれると大変や」

誰もが、そう考える。二股の枝は、払い除けるため、それもある。でも、それだけではない。その蝮を、生きたまま捕まえるための物。それを薬局に持っていくと、良い値で買ってもらえる。アバは怖くないと言うから、大したもの。夏の早朝、狭い道に、時々出てきた。二股の枝を頭の所に当てて、押さえ込む。そうすると、捕まえることができる。

四歳のわたいは、まだ蝮の怖さをわかってなかった。草の中から動く物があると、何やろと思い指をさす。サッ、目に見えないくらいの速さで、手首の辺り、腕を噛まれた。アバは、素早く持っていた紐を、噛まれた腕の上の方できつく縛ると、毒を吸い取る。わたいの腕を握ったまま、片手で、そこらへんにあるどくだみを採る。片手は塞がっているから、足で踏み潰して柔らかくし青汁を出すと、噛まれた腕の傷口を少し歯で噛みきり、血を絞り出す。その傷口の中に、潰したどくだみを入れる。そうして、病院に行くわけでもなく、治してくれる。わたいは、蝮がどれかも見分けのつかない子供。腕とか、足とか、何度も噛まれたのに、アバの素早い行動には間違いがない。

「大丈夫やで、よう見て、覚えとくんやぞ」

二人は、懲りずに妙見山を越え、滝の所まで歩いていく。滝行の岩場は、蛇の住み処であった。冬の間は岩の間で冬眠して姿がないのに、暖かくなると、ぞくぞくと出てくる。滝の水と一緒に、岩の上から落ちてくることもある。足元は蛇を避けながらちょっとずつ歩くなんて、これは本当のことか、何度も目を見張ってしまった。こんなことがなければ、暑い日の滝行は最高なのに。

もう一つ、おもしろいことがあった。ためてあったつぼの中に、蛇が落ちてきたことがある。覗いてみると、蝮だった。

「ハメ（方言＝蝮のこと）や、ハメや」

アバは、自分の着けていたお腰を外してつぼに掛け、そのまま持って帰った。誰も見てなくて良かったし、代わりのお腰を持っていたから良かった。もちろん良い値で売れたはず。それは真剣とはいえ、あの時のアバの姿は滑稽であった。

秋は一番良い季節。紅葉を見ながら、毎朝滝行。行きも帰りも山がきれいで、最高。

アバとわたいの、二人だけの世界、懐かしい。当時、滝行のために、修行僧といわれるたくさんの人たちが遠くからやってきた。滝の周りには宿まであり、泊まり込みで修行する僧もいてにぎやかであったけれども、それがいつの間にか立入禁止になり、滝に入ることもできなくなった。人気のない山沿いのため、いろいろと事故が起こると管理するのが大変で、通ることができない。昔と違い、物騒な世の中になったものだ。

あの頃の滝行は、一日も休むことなしに続いた。アバが白い着物以外の物を身に着けた姿は、一度も見たことがない。山に行っても、川に行っても、畑仕事も、すべて白い着物であった。そうして、いつの頃かわたいも、アバが縫ってくれた白い着物を身に着けて、毎日過ごしていた。

子供のわたいは、あちこち擦り剥くことがある。そんな時、アバはどくだみの若芽の所を採ってきて、手でもみ潰して、傷口に貼ってくれる。そうすると、嘘みたいにきれいに治るから、不思議。

春先には、たくさんの新芽を出す。そんな時、根っ子から引いてきて、乾燥させ、お茶の代わりに飲ませてくれる。瘡は、こうして外側から、また内側からと、薬草で殺していく。いろんな所で、どくだみに助けてもらった。これも、アバのおかげ。

お正月が近づいてくると、一年中の食べ物として、干し柿作りをする。二人で採ってきた柿の実の皮むきをする。アバは、

「自分の食べ物は、自分で作ること」

と言う。柿の実百個の皮むきは、自分の分。子供のわたいでも、手伝ってもらえず、大変な作業。最初のお正月は、全然うまくできずに、泣きそうになった。それでも、少しずつ根気よく、自分でやれと言う。何日かかかって、やっと終わる頃には、手も豆ができて痛いけど、ナイフの使い方が上手になって、嬉しくなる。それを、木の皮の紐で、つるし柿にする。辛かったけれども、その分、喜びも大きい。手先の器用さは、その頃、身に付いた。

アバは、生活の知恵、生きていく心の持ち方、考え方をいろいろと教えてくれる。

「人は、見た目も大事やから、きちんとすること。でも、それよりももっと大事なことは、心の目。町子、心の目で見るんやで。思いやりの心、心から思えば、必ず人の心に通じるはずや。心で、物事を見ること。それから、困ってる人がいたら、我が身を投げ出してでも助けてやれ、できるか?」

わたいの先生でもあった。忙しい中でも、ちょっとずつ、字も教えてくれた。

「なんでもできる、すごい人」

子供ながらに、尊敬してきた。特に、生活の知恵、それは全部、アバのすることを見て、頭の中に詰め込んで覚えてきた。

わたいは、食べ物の中でも、イチジクが大好きであった。畑に二本のイチジクの木が植えてあって、その実をよく食べさせてもらった。

「もっと増やそう」

「そうするか」

アバは、わたいの願いを聞いてくれて、イチジクの木をたくさん植えてくれた。いっぱいの実が採れると、お客さんにも、食べてもらえる。

「腹いっぱい食べてもええけど、黙って一個でも食べたら、ぬすっとやぞ」

カマボコ板にそんなことを書いて、キリで穴開けして、イチジクの木に紐でぶら下げる。目立つように色を塗ると、

「何やろ」

人が見に来る。それが評判になって、たくさんのお客さんがお参りに来て、なんでか繁盛した。

アバとわたいの生活も、こうしてだんだんと慣れてきた。

六歳になると、アバはわたいを近くの山に連れて歩くようになった。妙見山の周囲には山がいくつもあって、高い山も結構ある。足腰を鍛えるためもあったけれど、山歩きもまた、修行の一つであった。お客のない日や冬の畑仕事のない日は、山歩きをする。

その日も山歩きをして、修行に励んでいた。崖っぷちの所に着いて下を見ると、十メートル以上はあったように見えた。その下に川が流れており、アバは崖っぷちから木の蔓を伝うと、スルスルと下りていく。また、その蔓をたぐりながら上ってくる。忍者みたいなことをして、わたいに見せる。

今度は、わたいに、

「やってみ」

そう命令する。わたいは、崖から覗いてみた。

「怖い」

どうしても下りられそうにない。

「下りるの、いやや」

初めて、その時、アバに逆らった。

「下りてみ」、きつい声で言われた。

「いやや」

冬は、夕暮れが早い。そうこうしている間に、うっすらと辺りが暗くなってきた。いつもは優しいアバも、修行となると厳しい人であったから、しまいに怒って、

「後ろ向いて、十数え」

と、怒鳴った。わたいは言われた通り、山の方を向いて、一、二、三……十まで数えた。なんとなく、アバの気配がない。後ろを振り返ってみた。どこにも、姿がない。

辺りはうす暗い山の中、登ったことのない初めての山の頂上で、アバはわたいを置いて、姿を消した。

木枯らしの吹く寒い冬の山で、独りぼっちになったわたいは、真っ暗闇の山の怖さに気づいた。耳をすましていると、

「キャン、キャン」

あれは狸(たぬき)か、かん高い犬のような、鳴き声が聞こえてくる。

「ワオーン」

あれは狐(きつね)か、遠い所で、また近い所で、鳴いている。

「ホーホー」

みみずくが、バサバサと枝から枝へと飛び移る音もする。

「怖い、どうしよう」

冬の風がヒューヒュー吹いて、ザワザワと揺(ゆ)れる木と木がぶつかり合う音も聞こえる。枯れ枝がドサッと落ちてきて、怖い。もう、わたいは身動き一つできるものではない。辺りは真っ暗闇で、ここで朝を待つしか方法が思いつかない。六歳のわたいは、どうすれば良いのか。

白い着物と甚平の体に、冷たい風はザワザワと、何度も木を揺らして、叩(たた)きつけてくる。寒い。アバとした会話を思い出す。

「山で一人になった時、町子、おまえはどうして身を守るか、考えてみい。これも修行の一つや、考えや」

「朝までは長いし、このままでは、カゼひいてしまいそう。どうしたら暖かくなるんかな」

辺りを見ても何もなく、あるのは枯れ葉だけ。

「そうや、枯れ葉がある」

わたいは、落ち葉を集めることを思いついた。そこら辺に落ちている枯れ葉を、いっぱい、いっぱい、かき集めた。これでもか、これでもかと、わたいの体が落ち葉に埋もれて隠れるくらい夢中で集めて、その落ち葉の中で体を温めた。冬の落ち葉は虫もおらず、暖かいお布団であった。

枯れ葉の布団にもぐると、ジーッと息をひそめて、怖さから長い朝の来るのを待つ。辺りがうっすらと見える早朝になると、そこに、アバが立っていた。アバはきっと、どこかで見ていたに違いない。

夜の山歩きが、何度か続いた。わたいの山歩きは、ここから始まることになる。

「山は何にも怖いことないで。怖いのは人間。町子、ようく覚えておけ」

アバの言葉であった。

その後、崖っぷちも、下りることができるようになった。

「おてんばな、わたいやもん」

戦争が始まり、アバと二人で、裏山に穴を掘って、二人だけの防空壕を造るとそこに入り、命を守った。サイレンが鳴ると、アバがわたいの手を引いて、抱え込んで守ってくれる。

「お母ちゃんや」

そう思った。わたいが生まれた家は隣にあるのに、その存在をすっかり忘れていた。飛行機が次から次へと飛んできて、京橋が火の街になったそうだ。

わたいは小さな子供で、アバが守ってくれた。詳しくは覚えてないけれども、何かしら忙しい生活は相変わらず続いて、修行は続く。

アバという人は、肌のツルッとした、本当にきれいな人であった。わたいは今、蓮根をよく食べる。なんでか、肌の調子が良い。考えてみると、アバと二人で蓮根を作り、泥水の中で収穫したことを思い出す。首まで水と泥の中に漬かって、背が届かないため、足で蓮根を探す。見つけた蓮根を、棒の先に刃物をくくりつけて、手さぐり、足さぐりして、採ったことを思い出した。

蓮根は、お盆になると水の上に可憐な花を咲かせる。その根っ子に、高蛋白の栄養がどっさりと詰まっている蓮根。泥の中に入っているうち、知らず知らずに、皮膚の状態が良くなっていった。

二人は、季節の山菜採りに山に行き、川に行き、一緒に田畑を耕した。わたいの体にまだまだ瘡が残っていたけれども、当時と比べると、随分と良くなった。そして、誰にも何にも言われることなしに、今考えると、一番幸せな、楽しい時期であったと思う。アバの子になって六年、わたいは、十歳になっていた。

ある日、戦争から帰ってきた二人の兄がふいにやってきて、アバと何やら話し合っていた。と思うと、

「町子、今日から家に帰るんや。アバとばっかりおっても、毎日勉強せんかったら、字もろくに覚えられんやろ。アホになるさかい、明日から学校行くんや、ええな」

二人の兄たちが、声を揃えて言った。

「学校は行かんでも、生活できたらそれでええ。字も、ちょっと書けたらええ」

アバは、そう考えていた。

だが、兄たち二人が説得したらしく、何や、わたいは急に生まれた家に帰ることになった。心残りのまま、その日のうちに、連れられて帰ってきた。

「アバとは、二度と会うな、ええな。会うたらアホになるよって、もっと勉強して賢い人になってから、会うたらええ。それまで、辛抱せえ」

「そんなことない、アバは、いろんなことを教えてくれる」

そう心の中で思っていたことは、口に出すことができなかった。そんなわけで、わたいは家に帰ってきた。

その後、アバとは、家の前で洗濯していた時、たまに顔を合わせた。

「元気か」

「うん、元気」

他のことは何にも言わず、そんな会話だけして、わたいが辛い生活をしていたことは一切話さなかった。


十九歳になって、わたいら家族が引っ越すことになった日、アバが見送りに来てくれた。トラックが見えなくなるまで、アバは手を振っていた。ずうっと、振っていた。

あれから、会えずに何年かして、一度訪（たず）ねたことがある。アバは、あの後、病気になって、わたいのことを思いながら、死んでいったとか。敷地の中にお墓があったそうなのに、すでに家が建っており、場所がわからなかった。また、妹さんがいると聞いていたのに、わたいはアバの親族に一度も会ったこともなかった。

わたいが家に帰ってから、男の子を養子に迎えたけれども、うまくいかなかったそうだ。アバの住んでいた所に、深々と頭を下げて、泣いてしまった。

「アバ、ありがとう」

わたいは、両手を合わせて、感謝する。

アバの名前は、藤（ふじ）。

とてもきれいな人であった。

生きていく生活の知恵やアバの心を、いっぱいおみやげとして貰ってきた。

「町子、嘘は一番嫌いや、真っすぐ、生きていけよ」

そんなことをよく言っていた。

妹だけ

家に帰ってから見たもの。それは、母親が妹しか頭になかったこと。家中の者が妹を中心にして、動いていた。わたいにはまったく目もくれず、まるで他人のようであったこと、それはもうすごいものであった。

「この娘は、顔もええし、頭もええ。スタイルも抜群や、女優にしよう」

そう考えていた妹を幼稚園の時から私立に行かせて、三人の姉たちまで協力して働いたお金を出し合い、音楽学校、三味線、踊り、ピアノの他、いろいろと習いごとをさせるなど、すごい力の入れようであった。それに、食べ物まで違う。目を閉じると、あの頃の大人たちとの食事のことが、今でもはっきりと浮かんでくる。

妹はわたいの横で、一人だけ、紋甲いかとまぐろの刺身を母親が食べさせていた。しかし、わたいらにはない。わたいは、それが食べたい。ないと思えば、余計欲しくなる。食しんぼうのわたいは、心の中で腹が立った。

「殺したろか」

そんなことを思うくらいに、妹が憎たらしい。じっと、我慢する。他にもそう、食べたい物は全部、妹だけ。わたいとは違う。

アバの所で畑仕事やらをして、精いっぱい体を動かして、欲しいだけ腹いっぱい食べさせてもらい、育ってきた六年間だった。目の前にあるのに食べることができない、それがどれほど辛いことかと実感した。妹とは三つしか年が離れてないのに、こうも扱いが違うのか。

「紋甲いかが、食べたい」

この一言が出てこない。そんな自分がおって、一切れでもいいから、

「食べるか」

の一言どころか、わたいがそばにいることもすっかり忘れた母親が、そこにいた。

わたいは、それ以来、紋甲いかの刺身は、なるべく口にしないようにした。あの時のことが忘れられず、腹が立ってくる。今になっても、いかを見ると、思い出す。そんなことが続いて、いつしかわたいは、母親と距離を置くようになった。

乞食の子

アバと生活した六年間の月日はいつの間にか過ぎて、小学校でいうと高学年、四年生となっていた。初めて学校に行った日のこと。担任の先生に連れられて、教室に案内される。

ガラガラと扉を開けた先生の後から教室に入っていくと、いきなり、

「乞食の子、汚い、臭い、入ってくるな」

何人かがそんなことを言うと教室が騒がしくなり、ヒソヒソと話し声もする。

「入ってくるな」

その言葉には子供心に傷ついて、何が何やら、わからんようになった。また、そんなことを言うのは一人や二人じゃない。クラスのみんなが言うておる。先生も知らんふりで、わたいは教室に入ることができずにおる。小さい時と比べるとかなり治っておったけど、瘡がまだ残っていた。

「教室には、入れてもらえんのや」

第一日目から、心に大きな傷ができた。遅れた勉強をなんとか取り戻したい。そんな最初の気持ちが、だんだんと消えていった。一人、とぼとぼと、来た道を帰っていく。

次の日、気を取り直して学校に行ったけど、雑巾とか物が飛んできて、通せんぼする子がいて教室に入れてもらえない。また、来た道を帰っていく。家に帰っても誰もいない。小学校に入ったばかりの妹は歩けるのに、母親は妹を背負って、学校の教室で妹の横に座って、一緒に授業を受けていた。誰かに、悪いことされたら困る。そんな心配のあまり、子供に付き添う親付き授業が、有名になっていた。そこまでする親はいないはずだ。しかし、妹にはそれほどの力の入れようで、家にはいない。もちろん、わたいがいじめられていることなど、知るはずもない。わたいも、妹のことしか頭にない母親に、話すことはなかった。

わたいは川で魚と遊んで、水遊びをしたり、お宮に行って石蹴りをしたりして、一人で遊んだ。

お腹が空いてくると、そこら辺に落ちていた椎の実を拾って食べたり、お地蔵さんのお供え物を食べたこともある。

「お地蔵さん、ごめんなさい。お供えを、ちょっとだけ分けて」

土地の人たちが順番におにぎりを二つ作ってお供えしてあったので、わたいは手を合わせると、アリンコだらけのそのおにぎりをいただいた。


高学年になると、お弁当がいるのに、母親は自分と妹の分だけ作って、学校で食べてくる。忘れられたわたいには、昼ご飯なんてないから、空腹の毎日が続いていた。

もしかして、

「アバの所で食べるから、大丈夫」

そんなことを考えていたのかもしれない。自分たちの都合でアバと離して、

「ご飯だけ、ください」

そんなこと、子供のわたいでもできっこない。

何にもすることのない一日は、なかなか過ぎてはくれない。あっちこっち歩きまわって、やっと夕方、家に帰る。

「町子、学校はどうや」

誰も、何も言わず、淋しいもの。

次の日になって、気を取り直して、また学校に行く。待っていたクラスの子、四人。ある時は、六人。男の子らがグループになって、学校の片隅にわたいを連れていくと、

「おい、ゴリラやれ」

「チンパンジーやれ」

「豚や、牛やれ」

みんなが順番に、わたいに思いついた動物の真似(まね)をさせようと、言い寄ってくる。

わたいが、

「いやや」

と言うと、棒切れや長い庭ぼうきで、頭やら背中やらどついてくる。わたいも、気が強かった。

「絶対に、言うことなんか、聞くものか。負けるものか」

言うことを聞かずにいるから、ほうきの先でみんなに順番に叩かれる。たんこぶは毎日のようにできたし、背中もアザだらけ。

「わたいが、いったい何をした」

また、今日も教室に入れてもらえず、歩いて帰る。昨日と同じようなことをして、夕方を待つ。家族の前では、何にもなかったような顔をして、夕飯を食べて、お風呂に入る。頭のたんこぶが痛い。けれども、我慢する。母親は、わたいがいじめに遭っているのに、気づいてくれないのか。それでも、自分から言うつもりはない。そんな辛い毎日が、ずうっと続くようになった。本当は、友だちをいっぱい作って勉強もしたかったのに、行くだけ、そして帰るだけ。家から学校は歩いて十分。わざと遠まわりをして、時間が過ぎるのを待つ。今日は、お供えのアリンコだらけのおにぎりが置いてない。誰かが隠したのか、供えるのを忘れたのか。わたいの足は、あのへそゴマの先生がいる診療所に向かっていた。先生は何にも言わず、ご夫婦でご飯を食べさせてくれた。

「町子、お昼まだやろ」

「食べていきや」

何度、食べさせてもらったか。本当に感謝している。そうして、また、そこら辺の川やお宮で遊んで帰る。

「おやすみなさい。もうこのまま、朝が来なけりゃいいのに」

そう、思うようになった。

学校に行くと、また、いつものように動物の真似をさせようとする。わたいがいやがることを知っているから、用意しておいた棒切れで叩いてくる。わたいを人間と思ってないけど、みんなと同じように叩かれたら痛いし、転んでも痛いのやぞ。そう叫(さけ)びたい気持ちをじっとこらえる。そんな日は、毎日続いた。

「また、今日も教室には入れてもらえんのか」

帰っていくわたいを見て、みんなが笑っているように見える。

「お地蔵さん、ごめんなさい。また、いただきます」

おにぎりを、一口いただく。

「待てよ、これは、樟脳(しょうのう)や」

母親が、虫除(むしよ)けにタンスの中に入れてあったものと同じにおいがする。

「飲み込んだらあかん」

わたいは、とっさに吐き出すと、周囲を見て、どくだみの葉を探す。道端に生えているどくだみを見つけると、手の中に握り、揉(も)みながら口の中に入れた。においがするけど、樟脳の臭(にお)いの方が強い。手ですり潰しながら、少しずつ飲み込む。そして、急いで川の水でうがいをする。また、どくだみを飲み込んで、同じことを何度も繰(く)り返(かえ)した。いつか、アバが教えてくれた。

「アバのもんは疑わんでええから、すぐに飲み込め。アバ以外のもんは、飲み込む前に、舌で味を確かめること。町子、ええな、覚えとくんやぞ」

やっぱり、アバの言う通りであった。お地蔵さんのお供えをいただいたわたいも悪いけど、こんなことをするのは、誰か、すぐにわかる。それからというもの、口にする物には、特に用心深い人間になった。

連中は、自分たちのしたうんこをおにぎりと混ぜて置いたりして、することがだんだんと汚く、陰険になってきた。わたいと、連中の闘いが始まる。

「あいつはもう、学校には出てこんやろ」

そんなことを思っているはずや。

あいつらの暴力と、わたいの我慢比べ。

「見ておれ」

次の日、わたいは何事もない平気なふりをして、学校に行く。教室なんか、入れてもくれない、そのことを知っているのに。

連中が近づいてきた。

「町子、ゴリラの真似せんかい、ヒヒやぞ。それとも、鶏の真似するか。コケコッコー、バタバタ、やってみい」

手をバタバタしてみせる。

あの連中は、悪（わる）と呼ぼう。悪たちは、いやなことがあるとその腹いせをみんな、わたいにぶつけていた。汚く見える瘡は、自分のせいじゃないのに。

「学校なんか行かずに、家におったら、どれだけ楽か」

何度も考えた。

「けど、こんなことで負けるの、いやや」

冬の滝行は、わたいの心も体も強い者にしてくれた。逆に、勇気が出てくる。

「負けるもんか。そのうち、きれいな顔と体になって、みんなを見返してやるぞ」

そう思うことが、心の支えとなった。

学校から家まではすぐ近くにあったのに、裏道を通って、できるだけ人と出会わないように遠まわりをして帰る。

それでも、連中は待ち伏せしていた。それは、土曜日の午後のこと。誰も見ていないことを確かめると、それぞれ手に棒切れを持って、四人が笑いながら追いかけてくる。異常なくらい、追いかけてくる。走ることに慣れていたわたいは、足が速かった。急いで橋の下に隠れると、じっと身を潜めて、様子を見ていた。幅二メートルほどの小さな川でも、雨で脛くらいの所まで水が流れている。わたいはその川の水の中に足を入れたまま、ずうっと隠れて、耐えていた。あいつら悪どもは、代わる代わるに夕飯を食べてきて、そこら辺を探しまわっている。肩に大きなバットと、棒切れを抱えて。

「わたいは、殺されるんや」

あの時には、そんな恐怖を感じた。

夜も更けて夜中が過ぎ、時計は次の日になったが、家の者も誰もわたいを探してはくれない。

「どうせ、アバの所やろ」

辛い目に遭わされても、アバと会っていると思っていたはず。

わたいにも、意地というものがある。アバの所から帰って、一度も立ち寄ったことはなかったのに。

寒い冬のことであった。また連中に追いかけられ、何時間もの間、水の中に立っていると、体も手足も冷えて凍えそうになる。わたいは、隠れた橋の下の端っこに体を寄せて、くの字形にもたれかけると、冷えた足を片方ずつ水から出して、じっと耐えた。冷えのあまり、水の中で何度も何度も、用を足した。わたいが冬の滝行をしていなかったら、とっくに肺炎などの病気になったか、悪く考えれば、死んでいたかもしれない。

追い詰められた、わたい。悪たちがあきらめて帰っていくのを待つしか、方法はないのか。こんなこと、夢であってほしい。

「アバ、助けて」

そう、心で叫んだ。

「おったか、おかしいな。家には帰っておらんぞ」

悪どもは、ひそひそ話しながら走ったりして、橋の上やら向こうの道やらを探してまわる。やがて長い夜が明けて、辺りが見える頃になると、やっとあきらめてみんなは帰っていった。

素足に草履のわたいは、その日、カゼをひいた。

しかし、回復したわたいを待っていたもの（春になり、少し暖かくなった頃）。誰かが、縞蛇を捕まえていた。何も知らないわたいを後ろ手にして、縄でぐるぐる巻きに縛ると、地面に寝かせ、顔から首の辺りにその蛇を這わせてくる。

「町子、おまえはこいつらとおったから友だちやろ、ほれ、どうや」

蛇のうろこがわたいの首を這いまわっている。わたいは一言もしゃべらず、じっと我慢する。白蛇の世話をしていたけれど、蛇は嫌いや。

また、別の日のことだった。辺りは、田んぼと畑だらけ。昔はその通り道に、トイレから汲んできた汚物を田畑の肥料として溜めてあった。幅八十センチほどの細長い肥溜めの横に、大きな木が生えていて、たまたま捕まると囚人みたいにぐるぐる巻きにされて、その肥溜めの上の木につり下げられたことがある。綱が切れると、その中に体ごと落ちて、溺れ死んでしまう。悪らは、わたいをつり下げたまま、帰っていった。誰も助けてくれない。

わたいは、体を何度も何度も揺すりながら、綱が切れるまで体を動かして、ようやくなんとか肥溜めの横に落ちることができた。けれども、あの時、肩の骨を折ってしまった。考えてみると、二度も肩の同じ所を折ったことになる。

ある日、家の近くで、何人かがソフトボールをしていた。たまたまわたいが通りかかっても、みんながいるから、追いかけてくることはない。それでも、悪どもの一人は素振りの練習のふりをしてわたいに近づくと、わざとわたいの顔をねらって、バットを振った。わたいの体は、後ろの川まで飛ばされて、水びたしになった。その時、わたいの額は急に腫れ上がり、大きなたんこぶができた。川の水で何度も顔を洗いながら、額を冷やした。そいつは、うすら笑いをして、わたいを見た。「泣くものか」と耐えた。

その時の痛さも、忘れることはない。あの悪どもにとって、わたいは退屈凌ぎの、遊びの物でしかなかった。同じ人間として扱ってもらえない悔しさ、なんとあわれなことか。その体験談を人に話すと、「どうして両親に相談しなかったの」と、よく言われる。しかし、妹のことしか頭にない母親に、そんなことは一つも話す気になれない。その時の自分は、独りぼっちであった。

そうして、六年の小学校を卒業するまで、毎日のようにいやで痛い思いをして、字を覚えることもなく終わった。

わたいは人間恐怖症で、その辛い思いを癒すために、裏切りのない自然のままで相手にしてくれる動物に、愛情を注ぐことになる。犬や猫、特に猫だ。

あの連中にされたいじめを本にすると、一冊の物語ができるほどだ。瘡があっても同じ人間、痛いことも辛いことも、みんなと同じやぞ。

「今のみんな、ガンバレよ」

今の時代の子供たちが、羨ましいと思う。給食があって、食べ物に困る子は少ないであろう。

わたいが大きくなった時、悪のリーダーが「結婚してくれ」、そんなことを言ってきた。

「アホか、あの時の辛さは、死んでも忘れることはないぞ、馬鹿たれ」

心の中でそう言い返した。

食い意地の強かったわたいは、ひもじかった子供の頃を思い出す度に悲しくなる。それと、ボロボロの服を与えられ、みんなから馬鹿にされてきたことも、忘れることはない。

「みておれ、大人になったら、ピカピカの服、毎日着てやる」

いつもそう思っていた。空腹で、夕方になるとお地蔵さんの所で一人、座ってい

た。仕事から帰ってきた父親が、たまたまわたいを見つけた。いつの頃か、会社から出るお弁当を、

「食べきれんから、町子、食べ」

半分残してきて、わたいに食べさせてくれるようになった。父親は知っていた。妹ばっかり世話する母親が、わたいのこと、忘れていたことを。

「みんなに、言うなよ」

そう言うと、毎日のように弁当を持ち帰り、食べさせてくれた。本当は、無理して残してくれていたのだろう。

わたいは、父親の帰りが楽しみになり、夕方になると道端で帰りを待った。

「もうアリンコのおにぎりを食べんでもええんや。みんなから、笑われずに済む」

年頃の姉たちは、

「町ちゃん、恥ずかしいさかい、近寄らんといて」

瘡のあるわたいが、妹であるのをいやがり、こう言った。道で会うことがあっても、他人のふりをして通っていった。兄も姉も優等生でいたのに、わたいだけや、勉強ができへん。

春になると、兄や姉たちは働きに出ていたから、すぐ上の兄とわたい、母親の三人で、田植えの準備をする。田んぼや畑仕事の大好きなわたいは、自分から進んで働いた。牛とも仲良しで背中に乗ったりして、子供ながら精いっぱい働く。勉強より、ずっと楽しい。アバと働いた六年間がすごく役に立って、母親も少しずつではあるが、わたいの存在を感じていた。

わたいの、ほんの少しの楽しみといえば、鶏の卵をいただくこと、鶏が、ココココと鳴く声を聞くと鳥小屋へ駆けつける、ココココ、ココココ……コケッ。最後のコケッと辛そうに大声で鳴いた時、卵をポトッと落とす。すかさず、その下に手を差し出して卵を受け止める。生みたての、温かい卵に穴を開けて、そこから、チューッと吸っていただく、そのおいしいこと。

生みたての卵には、つい、よだれが出てしまう。そんなわたいの楽しみを奪った者がおる。

ある日のことである。飼っていた鶏が何羽か死んでいるのに驚いた。わたいは、父親と二人で原因を探していたら、小屋と屋根の継ぎ目の所にイタチがいて、出たり入ったりしていた。イタチは仲間を連れてきて、集団で鶏に襲いかかってくるのだ。

噛みついて、そこから血を吸うのである。放すはずがない。

「お父ちゃん、イタチは何で鶏に噛みつくと放さへんの？」

「町子、イタチはな。血を吸うて生きているんや。お腹がいっぱいになるまで放さへん」

「お父ちゃん、何で真っ赤なトサカが真っ白になって死んでるん？」

「血を吸われてしもうたから血の気がないんや。かわいそうに。それでトサカが白うなっているんや」

「ふうん。憎たらしいイタチやな」

　それから、わたいは父親を手伝って小さな網を作り、ドアと屋根の間に掛けてすき間を埋めた。

「イタチは頭さえ入れれば、体はスルーッと抜けられる。同じような大きさやからな。可愛い顔してるけど、結構、獰猛（どうもう）やで」

「お父ちゃん、鶏がやられたんや。可愛なんかない」

　わたいの怒りは、すぐには収まらん。そういえば、アバの所の鳥小屋は、細かい網や柵があって、辺り一面にはどくだみの薬草が生えていた。イタチは、あのどくだみが嫌いなのか。
「アバはすごいな、やっぱり。神様みたいな人や」
そう思った。

中学校へ入る頃になると、わたいの顔も体も髪の毛もすっかりきれいになって、瘡もほとんどなくなり、みんなと同じような体になっていた。蓮根採りに泥の中に入ったり、どくだみで対処したおかげで、みんなと肌が違う。それは良いことだが、小学校時代のいじめで学校に行っても勉強させてもらえず、そのままきていた。漢字とかややこしいことは、さっぱり理解できるはずがない。廊下に立たされるのはいつものこと。「なんでもええから、一番になれ」。母親はそう言う人であったが、わたいはビリから一番。だが、一番に変わりはない。そんなわたいでも仲の良い友だちが三人できて、わたいとで四人、ゾロゾロと学校中を歩いていた。

他にもグループがあって、相手のグループも四人。何かと変に張り合うようになり、ある農繁期(のうはんき)の忙しい時のこと、帰り支度をしていたわたいを相手のグループの一人が呼び止めて、

「あんたの仲間が、屋上で呼んでる」

と言う。忙しいから、いるはずがないのに何か気になり、行ってみた。でも、誰の気配もないから、帰ろうとした。その時、いきなり何人かが出てきて、わたいを羽交(はが)い締(じ)めにしてうつ伏せにさせると、一人が馬乗りになってきた。わたいの体は、身動き一つできない。

「おい町子、声あげんと辛抱できたら、四人ともおまえの子分になったるわ。けど、一言(ひとこと)でも泣いたり、わめいたりしたら、おまえの負けや。わたいらの子分になれ」

そう叫びながら、バタバタするわたいを三人が押さえつけて、リーダーが左手の小指に錆(さ)びたカミソリの刃(は)を当てて、切りつけてきた。わたいが三人を連れてええ格好をしているのが目ざわりで気に入らんから、ここは一つ、やっつけたろと四人で考えた様子。

ジョリ、ジョリ。

左手小指の爪のつけ根から、第二関節まで、三センチくらい切りつけてきた。血が飛び散る。思いっきり、カミソリを当てたから、小指の骨が見えてきて、身と皮が、パカパカになった。痛い、叫びたいほど痛い。それでもわたいは、一言も声を出さずにいた。痛い思いは、小学校の時、数え切れんくらいやられてきた。肩の骨も折ったことがあるし、耐えることは慣れっこ。それでも痛い、倒れそうなくらい、痛い。今でもその時の傷跡がある。そのうち、切りつけた相手の方が、先に傷口と吹き出る血に驚き、震え出した。わたいは、

「どくだみ、どっかから採ってきて。早よ、採ってこんかい！」

そう叫んだ。

「はい」

誰かが、学校の隅に生えていたどくだみの葉っぱを、何枚か採ってきた。

わたいは血の出る手で、両手の間にどくだみを包んですり潰すと、パカパカしていた小指の皮と骨の間に、そのどくだみを挟み込んでぐるぐる巻いて、そのまま家に帰ってきた。

何日か学校を休む日が続いていた。わたいは指の傷が少し良くなるまで、もう少し休むことにした。

勉強はビリでも、何かみんなより目立つことがしてみたい。

「何か、楽しいこと、ないかな」

ふっと、浮かんできたのは、ファッションのこと。

「金歯や、大変身や」

「よっしゃ、これで行こう」

従兄弟（いとこ）が、歯医者をしていた。ちょっと笑うと、チラッと見える所に八重歯があったから、その隣の歯と二本抜いて金歯にする。それも、純金や。頼んでしてもらった。あとは、服装。当時、南田洋子、若尾文子やら、セーラー服の映画が流行っていた。

「わたいも、ああいうふうにしよう」

イメージが、どんどん浮かんできた。

早速、百貨店に行くと、丈の短いセーラー服と逆に、裾（すそ）まで届くような長いスカートがあった。白生地からワイン色に染めてもらい、ネクタイもみんな別注。それから、ラバーソール（ゴム底）の靴、ラバーシューズをはく。

「靴の後ろは、わざと踏むんや」

頭の毛はどうするか。次から次と、アイディアが浮かんでくる。

わたいは、稲刈りをした時に、足に怪我をしたことがある。その時、オキシドールを塗ると、足のうぶ毛が黄色になったのを思い出した。

「金髪にしよう」

長い髪の毛は、思い切ってバッサリ切った。それから、大仏様みたいにコテで巻いて、パンチパーマにする。なんと大胆なことか、だあれもしていない髪型。

袖口の腕には、傷もないのに包帯を巻いて、格好つける。

「どうや」

一人で考えた。一八〇度、いや、それ以上の変身。

勉強はビリでも、小柄ながら結構ボインであったし、腕に金時計、指輪をすると、バッチリ。今で言う、バッチリや。

「みんな、びっくりするやろな、楽しみや」

お金は親から貰って、かなり持っていた。季節になると、自然薯、竹の子、年末には松茸とか採りたての野菜などを売りに行く。それも、京都の祇園に親類の人が嫁いでいたから、その店まで持っていくと、朝採りの食べ物は良い値で買ってくれる。

姉たちや妹は、しんどい、汚れると言うから、その時はアバに鍛えられたわたいに、母親が言う。

「町子、運んでくれるか」

「ええで」

母親とわたいは、一反の風呂敷に包めるだけ包んだ食べ物を、傷のつかないように上手に入れる。それを背中に担いで、両手にも持てるだけの品物をいっぱい持って、家から一時間二十分、重いから休みながら歩く。近いつもりの駅も、遠くに感じた。

当時は、一時間に一本しか汽車が通っておらず、鼻の先を真っ黒にしながら、乗り継ぎ、乗り継ぎで、京都に行った。帰ってくるのは、一日仕事の大変な作業であったから、母親はわたいが担いだ分だけ、小遣いをくれた。あの頃のＯＬの稼ぎより多めに貰えて、わたいは結構、お金を持っていた。

「そりゃあ、そうや。本も買わん、ノートもいらん、とにかく、勉強せんのやから、何にもいらん。自慢じゃないけど、ビリから一番や。誰も、真似できへん。金の力は、今も昔も一緒。ポケットから、お札をチラッと見せてるだけで、金持ちの気分になれる。ええもんや」

あの時の、左小指のカミソリ事件以来、わたいには子分が七人もいた。わたいだけ派手な服装、髪の毛も金髪、とにかく目立っていた。みんなが、ゾロゾロと後に続いて歩く。なんと気持ちの良いこと。

ある日、朝礼で校長先生に呼ばれた。

「町子、前に出てこい。朝礼台の上に立て」

わたいは全校生徒の前に出て、朝礼台の上に立つ。五百人近い、その前に出て、それは目立つこと。まるでわたいが、主人公みたいや。目立つことは、その頃から好きであった。

「町子のこと批判するんやったら、みんなもやったらええぞ。真似する自信のある者は、やってみろ」

注意するつもりが、何か誉(ほ)めてるようにも思えるし、あきれていたようにも思えた。

別に、誰もいじめたり、傷つけたりするわけじゃなし、楽しそうにおしゃべりして歩きまわるだけのこと、いいじゃないか。

小学校時代にわたいに対してひどいいじめをしてきた悪の連中は、瘡のなくなったわたいに何もしなくなり、おとなしくなっていた。

でも、わたいの腹の中は、煮えくり返っている。

「一生、許さへんで。どれほど辛かったか。おかげで勉強ができなんだ、漢字がわからんではないか」

後悔しても、仕方がない。

格好つけのわたいを誉めてくれたのは、母親。わたいのセンスを気に入ってくれた。二番目の姉から内緒で粉おしろいを借りて、パタパタ顔に塗ると、口紅も拝借して、オシャレをして楽しんだ。相変わらず、お供をいっぱい連れて歩いた。

あの頃の担任の先生や校長先生のおかげで、なんとか卒業もできて、ひと安心。あの、セーラー服姿、格好良かった。

卒業すると、母親が、

「町子は勉強が嫌いやさかい、洋裁学校にでも行くか」

わたいは子供の頃から、ボロばっかり着せられて、馬鹿にされてきた。着る物にだけは、執着心が強かった。

「大人になったら、絶対に良い洋服を身に着けよう、オシャレしよう」

子供心に、そんなことをいつも考えていた。その結果、面接で一番に入ることができた文化学園で、ファッションの勉強をした。

上下服の色合い、素材、顔と体型とのバランス、どうすれば似合うか。マフラーとか小物をプラスして格好良く見せるとか、興味のある物はどんどんアイディアが出てくる。今でも洋服のセンスが良いと、よく言われる。頭の先から足もと、そして手に持つバッグ、傘にまで注意を払うとビシッと決めることができるから、楽しくて仕方がない。

母親の夢

妹が高一の時、映画会社のオーディションの試験を受けるため京都まで行くのに、わたいもお供で行くことになった。第一次試験、第二次試験、筆記試験、容姿、歌に踊りと、妹はなんともないようにパスする。さすが妹。それなのに、第三次試験が、どうしても無理だ。あっちこっちいろんな事務所の試験を受けても、最後は不合格。なんでや。母親の夢、姉たちの夢。十五年、十六年、妹が生まれて間もない頃から夢見て、ずうっと可愛がり、大事に育てた娘が、もう一歩夢に届いてくれない。

スカウトされる人は試験なしで入れるのに、自分から受験する者は、条件が厳しい。

当時、映画は娯楽の一部として流行っていた。どこの映画館に行ってもお客は超満員で、女優志願者も全国から集まってくる。それは競争が厳しかった。誰かのコネがあれば苦労もないが、コネがなければ合格するのは大変なこと。何でもできる妹は母親の自慢であったのに、あと一歩、母親が大事に育てすぎて体格が少し弱そうに見えたのかもしれない。女優も体力のいる仕事、そこに問題があった。

「お姉さんは、どうや。個性派女優になれると思うけど」

同情してくれて、そんなこと、言うてくる人もいた。

「わたいは勉強してないし、習いごとの一つもしてない。母親は、妹でないとあかんのや」

こうして妹に対する母親の夢もかなうことなく終わった。どれだけ悔しかったことか、みんなの気持ちもよくわかる。

引っ越し

十九歳の時、二番目の兄が、鉄工所の商売をしたいと言いだした。元手がいるから、土地、田畑、山、すべてを処分してみんなで大阪市内に移ることに話が進んだ。住み慣れた家とも、さよならすることになる。姉たちはすでに、所帯を持っていた。瘖の体で生まれて、みんなから変な目で見られ、小学校時代のひどいいじめもあった。だからこの土地にあんまり未練はないけれども、百姓仕事は好きであった。

わたいはお世話になったアバに、別れを告げた。滝行は厳しかったけれど、強い心、集中力は、その時のおかげ。どくだみで瘖も落としてくれたし、命も助けてもらった。

アバは、トラックが見えなくなるまで、手を振っていた。ずっと、ずっと、手を振っていた。あの時の別れが、アバとわたいの最後であったとは、その時は何にも知らずにいた。

引っ越した先は、大阪市内。両親、わたいと妹、兄夫婦、その子供がいた。一階が工場で、戦後、物不足の時代にものすごく盛大にやっていた。従業員は四十人ほど雇(やと)い、いろんな生活の部品造りの製造をしていた。忙しくて、上の兄、下の兄、きょうだいが三人とも協力して、大繁盛であった。当時は区内の長者番付に、二回も載ったほどだ。

工場の二階が、生活の場所。部屋が三つしかないのに、わたいら四人が一部屋、兄夫婦の部屋、それに、兄の子供もおる。田舎で良い空気を吸い、広い屋敷でのんびりと暮らしてきた者には窮屈で、なんとはなしに、居心地はもう一つであった。特にもともと体の調子が良い方ではなかった母親が、どうにも具合が悪い。時々、寝込むようになっていた。

頑張りやの父親は、かなりの年なのに、資格を取るために夜学に通い、昼は会社、夜は勉強、そうして、化学薬品取り扱いの資格を取ってきた。おかげで給料も良くなり、好きな物を買ってもらい、そこそこの贅沢をさせてもらっていた。そんな父親は、働き者で健康であったから、仕事から家に帰ると、休む暇もなしに冬は回転焼き、夏はアイスクリンを売りに行く。感心するほど働いてくれた。特に夏のアイスクリンは売れて売れて、おもしろいくらい。それはさっぱりとして、甘い、独特の味がした。

引っ越してから何日か過ぎ、たまたま、郵便局に行った時のこと。なんでか、真っ白い猫がそこにいた。わたいはその猫が欲しくて欲しくて、仕方ない。黙って連れて帰ってきた。しかし、悪いことはできないもの、見ていた飼い主が追いかけてきた。

「譲ってください」

「いや、駄目です」

「譲って」

「駄目です」

何度か言い合いをして、とうとうわたいの熱意に相手の人は根負けして、譲ってもらえることになった。猫は昔飼っていたけれど、子供の頃のこと。それとはなしに、そばにいたことしか記憶にない。

「この子は、わたいの猫や」

それはそれは、大事にしていた。

あるお正月のこと、すぐ上の兄が、

「お正月や、猫にも、飲ましてやろう」

何も考えずに、お猪口にお酒を注ぐと、猫の前に置いた。白猫はおいしそうにペロペロと、水を飲むようにお酒を飲んだ。ほんのちょっとだけやのに、まさか猫にはお酒が毒であることなんか、誰も知るわけがない。

その子の調子が悪かったのかもしれないけれど、急におかしくなって、ショック死してしまった。仲良しの兄のこと、怒るわけにもいかず、それでも忘れることができずにおる。白蛇はお酒が好きであったけれど、猫とは違う。覚えておこう。本当にかわいそうなことをした。辛くて、泣き明かした。

わたいは気晴らしに、梅田の百貨店に一人で行ってみた。パン一つ買うと、地下街を歩く。そこに、阪神電車と阪急電車の切符売り場があって、当時は改札に、カッチンカッチンと切符を切る人が、何人か立っていた。電車に乗る人、百貨店に行く人、食堂、映画館もあった。とにかく、人でいっぱい。

ふと隅っこを見ると、新聞紙を座布団の代わりに敷いて座り、頭を床に下げているそんな人が何人かいた。下げた頭の前にはお碗が一つ、その中に一円玉が一枚。映画と、同じ場面や。

「何があって、そんな格好してるかわからんけどかわいそう」

「おっちゃん、腹、減ってるか？」

聞いてみた。

「もう、ペコペコや」

小さい声で、返事が返ってきた。

「よっしゃ、わたいがパン、買うてきてやる。メロンパンが一番安うて大きいから、店に行ってきて買うてやる」

アバが言うておった。

「困った人がおったら、助けてやれ」

ふと、思い出した。

「何人や」

「十何人や」

わたいは小遣いの中から、十何人かのメロンパンを買うてきて、食べてもらった。

「ありがとう、ございます」

みんなに喜んでもらった。

「自分より弱そうな人、困っておる人がいたら、手を差し伸べること。助けてやれよ、一回じゃあかん、ええことは続けること」

アバが、よく言っていた。

それから毎日のようにわたいは梅田に行き、パンとかいろいろと安い食べ物を買って、その人たちに食べさせるようになっていた。電車を乗り継いで毎日行くのは大変であったけれども、本当に何かしてあげたい気持ちでいっぱいであった。

「ポニーテールのお嬢さん」

いつの間にか、そう呼ばれるようになって、駅員さんたちまで声をかけてくれるようになった。十二月になり、その年のクリスマスがやってくると、

「あの人たちに、ケーキを食べさせてやりたい」

と思った。わたいは空腹という言葉が嫌い。子供の頃の自分が辛い思いをした時を思い出すと、空腹の人を放っておけない。そんなこと、させたくはない。

阪神百貨店のケーキ売り場で、安いのないか頼んでみた。

「ねえ、×物(べけもの)で、いちごのゆがんだのあったら、安うしてえな」

恥ずかしいことはない。

「失敗作があったら、安うしてあげる」

わたいが熱心に頼むもので、とうとう半値にしてくれることに。

「にいちゃん、鶏の足もやりたい。見た目の悪いコゲメのついたの、半値にして」

今度は阪急百貨店から手をさし伸べてもらい、安くしてもらった。何個か買うと、ケーキも鶏の足も、わたいの分はサービスしてくれたので、みんなと一緒に食べた。

寒さが増してくると、新聞紙の座布団ではかわいそう。その頃は段ボール箱などなかったし、雨が降ると階段から水が流れてきて、みんなビッショリになる。

「毛布の切れ端があったら、三分の一くらいでいいから、染めむらとかおかしいのがあったらまけて」

どんどん、口から出てくる。母親と一緒に、京都まで作物を売りに行っていたので、自然と商売のコツが身に付いていていた。

阪神百貨店、阪急百貨店の両方の店員さんに頼んでみた。百貨店の品物は良い製品が多いから、その分値も高い。わたいのサイフの中身も、限度がある。親から貰う小遣いだけで大金を持っているわけでもなし、家から座布団持ってきたら、母親が怒ってしまう。

何度も足を運んでいたから、両方の百貨店からハンパ物をタダでいただけた。これで、暖かいお正月が迎えられる。

ある日のこと。

「ポニーテールのお嬢さん」

そう言って、ポンポンと背中を叩く人がいた。振り向くと、そこに警官が立っていた。

「ポニーテールのお嬢さんて、あなたかい」

「うん、わてやで。わたい、何にも悪いことしてへんで」

「違う、違う。みんな誉めてんねん。あんたみたいな人、どこにもおれへん。みんな、そう言うてるで。たいがいみんなそ知らん顔して、置いた茶碗の上をまたいで通っていくねん。感心やな、年、なんぼ?」

「もうすぐ、二十歳や」

「お嬢ちゃん、おいで」

それからというもの、毎日、警察のおっちゃんたちの食堂で、わたいだけ、お昼ご飯をご馳走になった。署長さんにまで仲良くしてもらい、長い付き合いをさせてもらうこととなる。

雨が降ろうが、風が吹こうが、家から電車に乗って、自分の小遣いからパンやおにぎりなどを買い、みんなに配っていた。

わたいは変わり者に見えていたかもしれん。それでも子供の頃の空腹がどれほど辛かったか、いやというほど身に沁みていたから、黙って見過ごすことはできなんだ。

早いもので、わたいが通い始めて、九カ月が過ぎていた。地下鉄も老朽化が進んで、改修する話が出てきた。東宝の映画館、そこら辺のお店、すべて潰して、新しく生まれ変わる。波板、プレハブの時代、みんなにも立ち退き命令が出て、そのプレハブ住宅に移ることとなった。

国が保護するため、わたいに、

「通わんでもええよ、今までありがとう。ご苦労様」

関係者に言われた。わたいはみんなと別れるのが、なんでか淋しい気持ちになった。心に穴が開いてしまい、しばらくはどうしていいかわからず、家でぼうっとしていた。

そんな時に流行したのが、音楽のロカビリー。ロックンロールの一つで、プレスリーのような音楽が流行し始めた。

ギターを抱えて、グループで舞台を右へ左へと動きながら歌う。若者たちはすっかり虜になって、グループが関西に来た時は、わたいも友だちと、毎日のように追っかけをしていた。劇場には長い列ができて、毎日、超満員。わたいと友だちは、前日の夜から並んで、席は一番前。

「キャー、キャー」

音楽に酔っていた。凝り性のわたいは、連続して通うようになった。

事件は起きた。その日も、昼の公演を見て、どうしてももう一回見てみたくなった。何度でも見てみたいとすっかり中毒みたいになり、トイレに隠れた。明日行って見れば良かったものを悪いこととは知りながらも帰らず、そのまま夜の部を見る。

ギターを弾きながら歌うロカビリーに、なんでか夢中になって、一番前に座って見た。

誰かが、ジュースの蓋を開けて、差し入れにくる。

「ありがとう、誰か知らんけど、ありがとう」

音楽を聴きながら、ジュースをいただく。

大好きなセリフ、音が流れてくると、

「キャー」

もう、頭の中は真っ白。アバの言葉も、すっかり忘れていた。そのジュースの中に、眠り薬が入っていたことなど、まったく疑っていなかった。

目が覚めたのは、旅館。そばには誰もいない。

「どうしよう」

血の気が引いて、力が抜けていくのがわかった。

「塗っていた口紅が付いていない」

洗面所で鏡を見てみた。

「誰かにいたずらされたんや」

幸いにも、女将さんが気付いてくれたらしく、大事にはならずに済んだが、真っすぐの性格のわたいにはショックが大きすぎた。

「わたいは、どうしてこんなにも運が悪いのか。辛い思いをしてきて、やっとこれから人間らしい、良い生活ができると将来を夢見ていたのに。なんでや。神様はあまりにも不公平やないか。誰や、わたいのファーストキッスを奪って行った奴」

もう、お嫁にも行かれへん。そんなことを考えた。誰かがわたいの体に触ったと思うと、それだけでも許されへん。

「生きてても幸せになんかなれるものか」

「死のう」

頭の中には、死ぬことしか、考えが浮かんでこずに泣き続けた。旅館の女将さんが慰めてくれたけれど、何を言ってくれていたのかも覚えていない。「飲み物がないから買いに行ってくる」と言って外出した。

わたいは、睡眠薬を買おうと、御堂筋(みどうすじ)の夜の街に出た。夜も遅いから閉まっている店が多い。トコトコと探し回って、一軒見つけたけれど、一瓶しか売ってもらえず、再び探して歩く。二軒目も一瓶、三軒目は閉まっていて、次の店を探す。そんなことをしながら、六軒の薬局から一つずつ、合計、六瓶買うと、中身の薬だけ取り出してハンカチに包み、空き瓶はその辺に捨てた。旅館に戻ってきたのは、夜中の十二時を過ぎていた。お風呂を沸かしてもらうと、

「明日の朝、八時か、九時に起こして」

そう頼んで、部屋に入った。

わたいは泣きながら、両親にあてて、

「ここに　ご迷惑をかけます　お詫びしておいてください」

洗面所の鏡に、そう口紅で書いた。書きたいことが山ほど浮かんできたけれど、口紅が折れてしまい、それ以上は書けなかった。

それから、部屋にあった女物の着物を着て、足は紐で縛った。いたずらされた時、無意識に抵抗したらしく衣服がボロボロになっていたから、泣きながらきちんと揃えると枕元に置いて、一気に薬を飲んだ。

明け方、ドタン、バタンと大きな音のするのを誰かが聞きつけて、わたいは病院に運ばれていた。

どれくらい、時間が過ぎていったのか。

ポトン、ポトン。

顔に何かが落ちてきて、目を覚ますと、両親が心配そうな顔をして座っていた。その涙が、わたいの顔にかかっていた。母親の涙だった。

「何日、眠ってたん?」

そう聞くと、元気になったのがわかったらしく、少し笑い顔で父親は、四日と言い、母親は三日と言う。

ここで喧嘩（けんか）になった。

その時わたいは、両親の老後はわたいが世話しよう。妹ばっかり可愛がってきた母親ではあるが、心配して泣いてくれた親なんや、そう思った。

家族全員が呼び集められ、わたいのことで、家族会議が開かれた。

「町子のことは災難であっても、薬を飲まされてのこと。本人にしたら、知らん間の出来事や。大したことやないから、他人（ひと）には言わんこと、みんなの胸の内にだけしもうておくこと、ええな」

わたいを心配した両親の考えであった。みんなはそれで納得して、それ以来、話に出てくることはなかった。

夏のお盆前の出来事だった。わたいの心の中では、大きな事件であった。

木暮実千代さんと

あのいやな時を乗り越えて一年。わたいは元の明るい自分に戻っていた。和田アキ子みたいに背の高い友だちと二人で、難波(なんば)や心斎橋(しんさいばし)辺りの商店街を人ごみに混じって歩いていた時、たまたま、大物俳優の男性と、木暮実千代(こぐれみちよ)が歩いていた。あか抜けて服装も違うから、すぐにわかる。

当時は映画が大流行していた。木暮実千代も、大好きな女優さんの一人で、あごの所にホクロがあるから、すぐにわかる。

実物は集めていたブロマイドよりはるかにきれいな人で、時代劇の出演が多く着物姿しか知らなかったから、目の前で洋服姿を見るとスマートなスタイルの良い人、そんな印象だった。

「ちょっとあなた、私の弟子になりなさい」

そんな声がして、誰かをスカウトしていた。

「私の弟子にならない」

耳もとで、声がした。友だちと二人、後ろを振り向いて見てみた。香水のいい香りが一面に広がって、きれいな人が目の前にいた。

やっぱり、女優さんは違う。男性俳優も素敵なお兄さん。

「あなた、私の弟子になりなさい」

誰のことでもない、わたいに言うていた。

「あなた、日本人?」

「はい、日本人です。木暮さんの、大ファンです」

木暮実千代は、個性のある人であった。わたいの目力が何かしら日本人離れして特徴があるから、弟子にしてみたいと言う。いろいろと話をしていくうちにすっかり気が合い、気に入られてしまった。あろうことか、時間がないということで、木暮先生、男性、友だち、わたいの四人はタクシーで家まで直行。親の許可を取るためにやってきた。兄が鉄工所をしていた家である。

兄は大賛成、けれども、母親が反対した。

「この娘は、こんな世界に合う子ではありません」

『妹じゃなしに、なんで町子やねん。それに、この娘はついこの前事件があったばっかりで、また誰かにだまされるかもしれん。妹でないと、あかんのや』

そう考えていたから、ずうっと反対していた。

「とにかく、見るだけでいいから、しばらく通うてみてほしい」

そんなことで、次の日の朝、早速迎えの人がやってきた。京都、東映の撮影所まで、車で直行となった。

「私の一番弟子よ、おマチちゃんと言うの、よろしくね」

みんなに紹介された。あの頃は、片岡千恵蔵、市川右太衛門などの時代。有名な若手俳優、女優さんがいて何人か紹介してもらい、嬉しかったことを覚えている。

わたいはお付きの見習い。洗濯機メーカーのコマーシャル撮りもあって、そのお供をしたこともあった。

当時は花月ができたばかり。木暮先生の後押しで、花月で、司会の仕事もさせてもらった。時には二人とも背丈百五十センチほどの小さい者同士の漫才が始まり、それは台本なしのぶっつけ本番、舞台に出てからわたいが思いつきでしゃべり、相方がそれに返事をする。アイディアは次々と自然に出てきて、結構、人気があった。途中で、相方が癌で亡くなったため、解散となった。

その頃も苦手な漢字を人に教えてもらうと、絶対に忘れないようにした。集中力は、アバからの教え。化粧の仕方、服装のセンス、髪型に気をつかうことなどが自然と身に付いた。

京都に通うこと二年半。母親の具合が悪くなり、入退院が始まりかけていた。悪化したのは、木暮先生のお供をして、世に出るのはこれからという時であった。

家族が集まると、母親の世話は誰がするかの話し合いが行われた。

「町子にしてほしい」

母親の望みであった。

兄や姉たちはみんな家族を持っていたし、子供のこともあるから、いい返事がない。結局、わたいが世話をすることになった。

「なんで、こんなチャンスを失うの」

木暮先生が残念がって、何度もとどまるように言ってくださった。勉強嫌いのわたいが、また誰かに騙(だま)されるのを心配した母親が、そばに置いておきたかったのも、事実だろう。

「あなたは、誰のファン？　誰か、会いたい人はいるの？」

最後に、わたいの望みを聞いてくれるという。その頃、「月の法善寺横丁」の歌が流行っていたから、こう言った。

「あの歌を歌う藤島桓夫さんに会ってみたい」

先生の計らいで会うことができた。わたいは惜しまれながら、先生のもとから家に帰ってきた。遠い昔の思い出。楽しかったことは、胸にしまい込んでおこう。

母の病気

母親の病気は、原因がはっきりしないまま入退院を繰り返した。病院から帰ってきた時はわがままが始まり、それはひどいものであった。

「何やこの畳、臭いな。我慢できん、気分悪いわ、よそへ移ろう」

昼夜惜しまず働いていた父親は、母親に対して優しく、どこか落ち着ける所にと、近くではあったけれども家を買うことになった。わたいのこともあったから、気分も変えようと言う。そんな思いやりのある父親であった。

調子の悪い母親は、言いたい放題、口が悪かった。気丈な人でもあったから、何か気にさわると、わたいと妹に当たり散らして、「出て行け」と、すぐに怒鳴る。神経をピリピリと、とがらせていた。手と足の先に痛みが走って、リウマチに苦しんでいたから、落ち着きもない。

今、八十歳前となったわたいは、母親と同じリウマチになって、痛みに苦しんでいる。変なところが似るもの。しかし、その頃、二十歳前後の自分と妹には、痛みの苦しみはとうてい理解できなかった。母に優しい言葉の一つもかけてやれず、今思えばかわいそうであった。

母が退院してくる度に、

「畳が臭い」

「足が痛い、手が痛い」

昼夜、関係なしに苦しんでいた。

「お母ちゃん、大げさやで」

つい言葉が出る。

「何やて。町子、ジョンを連れて出て行け」

わたいの犬、ジョンを連れて出て行けと言う。妹も、大したことないと思っていたから、二人でついつい意見をすると、妹にも、

「おまえは、お母ちゃんがどれだけ世話をして頑張ってきたかわかってんのか。それやのに。おまえは出て行け」

女優にならなかったことを、何かある度に怒鳴り散らした。考えてみれば、妹を女優にすることだけが、母親の生き甲斐でもあった。

妹は、妹なりに苦しんでいた。物心のついた時には自分の意思はなく、母親が一人で習いごとをさせて、何もかもつきっきり。本当は女優がしたかったかもわからずに、親の夢に付き合わされていたのであった。わがままな母親と言い争うことが、何度か続いたある日、

「姉ちゃん、私、この家出て一人暮らしするわ。もうお母ちゃんと一緒にやっていけそうにない。お金ならちょっと貯めてあるから、私の好きにさせて」

妹の決心は固かった。近くに住まいを見つけると、一人暮らしを始めた。そうして妹は、自分で探した会社に通うことになった。

たまたま年末とかで会社の宴会があると、妹は歌を歌った。歌はうまいし、芸達

者。そのうち、良い人ができて、結婚すると言いだした。相手の人は真面目であったから、母親も許すことになり、結婚した。今も幸せに暮らしている。

入退院を繰り返した母親は、それから十一年もの間、闘病生活をした。わたいの二十代という一番良い時期は、母親の介護に明け暮れて、過ぎていった。

きょうだいは皆、所帯を持って、父親は働きに外へ出て行くから、昼間は母親とわたいの二人だけになる。

「町ちゃんがふけ症やったの、お母ちゃん、初めて知ったわ」

ポツンと言った。

「お母ちゃん、今さら遅いで。小さい頃は妹のことばっかりで、わたいのこと考えたことなかったやろ。わたいな、アバと別れて帰ってきた日、隣で紋甲いかとまぐろの刺身を妹に食べさせておったの見て、どれだけ食べたかったか。着る物も、いっぺんでもええから、新品が着てみたかった」

お昼の食べ物に困って、お地蔵さんのおにぎりをいただいた。それも言うつもりでいたけれども、あまり悲しませてはと思い、言うのを止めた。

「すまんな。まさか町ちゃんに世話になるとは」

母親は、涙を流した。

夜はリウマチの痛さで苦しむ母親の姿を見て、痛い所を摩(さす)ってやる。その痛さは想像以上。今、同じ苦しみを味わってみて、母親の気持ちがわかる。これほど痛いなら、死んだ方がどれだけ楽かと、何度も考える。

それから長い入院生活をして、やっと退院したその日、きょうだいが集まってきた。みんなは、もうすっかり治ったものと思い、お祝いのつもりで集まっていた。

その日の夜。母親は急に気分が悪いと言いだして、再び病院に連れていくと、

「癌です。肝臓癌、それも手遅れです。あちこち転移していて、手がつけられません。余命は、二週間」

と、医師に宣告された。それはもう、寝耳に水。誰も病状は知らされていなかった。

先生の言われた通り、母親は日に日に、目に見えて体が弱ってくると、とうとう最期の日になって、みんなが呼ばれた。

母親がわたいの方を向いて、何か囁(ささや)いている。

「お母ちゃん、何や、どうしたん?」

酸素吸入をしているのに、手招きで呼んだ。

「お百度参りしてきて」

手を合わせて頼んでいる。

「わかった、行ってくるわ。お母ちゃん、待っててや」

わたいは、夢中で走った。

「町子、やめとき。もう助からんのに、今さら参っても無理やで。行った言うとくから、近くの喫茶店でコーヒーでも飲んで、休んでおり。おまえまで倒れたらどうするんや、やめとき」

病室の外で、みんなが口を揃えて止めてくれたけれども、

「いや、お母ちゃんが頼んでいるから、行ってくる」

わたいは何も考えず、ただ、願いを聞いてあげたくて、必死であった。

タクシーで神社に着くと、宮司（ぐうじ）さんに母親のことを話して、百本の束になったこよりを貰う。片道十五メートル、往復で三十メートルくらいのお百度石を、時計の方向にまわって歩く。手に持ったこよりを一本、二本と数えながら、願いごとをして歩く。他人事のように思っていたのに、自分がお百度参りをしている。本当に、もう神

頼みしかない。

　わたいの足は小走りになって、一回、二回と、お百度石のまわりを歩く。わたいのような願いごとをする人が十人、二十人といて、その中に混じり、一緒にお百度石をまわって歩く。三回、四回、こよりを指で倒していきながら、夢中で歩く。願いごとをしている人たちは、みんな無言。本当に神頼み、届いてくれるのか。若い人もいるし、お年寄りもいる。歩くのが精いっぱいなのに、それでも、すがる思いで胸に手を当てて、歩いている人もおる。わたいのように、切羽詰まって、必死になっている人かもしれない。

　わたいは、十回、二十回、裸足で歩く。

「お母ちゃん、待っててや」
　三十、四十、五十、歩幅が、だんだん小さくなって、六十、六十一、六十二回で足が止まった。どうしても、次の足が前に出てこない。急に、心臓が苦しくなった。
「お母ちゃん、大丈夫かな、もしかして、死んだんちがうやろか」

　そんな気がした。

「宮司さん、もうこれ以上歩かれへん」

わたいは体中の力が抜けて、動くことも立つこともできなくなった。タクシーを呼んでもらうと、病院に直行した。

病室が消毒されて、誰の姿もない。母が亡くなったことを聞かされて、またタクシーに乗ると、家まで急いでもらった。そこに、母親が寝かされていた。六十六歳の、若い死。もう少し生きてててほしかった。

わたいのいない間に、母親の延命治療をしなかった。苦しむ姿を見ていられなかったと話す。後でそれを聞き、そのことがきっかけで、みんなが嫌いになった。すぐ上の兄だけが、わたいと同じ考えであった。

「人の命は自然でないとあかん。お母ちゃんも、たとえ苦しんだとしても、一分でも長く生きてててほしかった。わたいのいてない間に、ひどいやないか」

最期を送れなかったことが、心残りで仕方がない。八十歳を前にしたわたいは、今、母親と同じリウマチになり、同じ苦しみをするようになった。体中の骨がキリキリと痛むと、死んだ方がどれだけ楽かと思うようになった。嫌いになったきょうだいみんなの気持ちが、今になってだんだんとわかってきた。あの時の母親は、早く楽になりたいと思ったのかもしれない。

その夜、仮通夜が行われたのに、わたいはあまりのしんどさに動くことができず、家で寝込んでいた。

　本通夜の日、

「町子が世話したんやから、町子を喪主(もしゅ)にする」

　父親がそう決めて、わたいを呼びにきた。

「兄がいるのに、妹を喪主にするのは、おかしい」

　誰かが言いだし、

「次兄にしよう」

とか、いろいろと話していたらしいのに、父親が聞かなかったそうだ。当のわたいは熱が出て、心労も重なり、倒れて寝込んだ。そうして、とうとう母親の葬式には出席できずに、入院することになった。わたいの入院した日は、母親の葬式の時であったから忘れることはない。お正月前の十一月、寒い日であった。

　わたいの病名は、白血病。その頃、なんでか山沿いに住んでいた。病気ぎみの母親が畳の古いのをいやがり、何度も退院してくる度に住む場所を変えて、その時は大阪東部に住んでいた。

わたいは当時の市長さんとも顔見知りになって、心当たりの人や市役所の人たちまで声をかけてもらい、大勢の人の血をいただいた。

輸血してもらい、それから一年半。辛い闘病生活の末、難しいと言われた白血病から不思議にも治って、戻ってきた。わたいは三十歳を過ぎていた。

なごみの家

父親と白い犬ジョンとの三人の生活が続く。そんな中で母親が病気になり、今度はわたいが病気になった。病院の費用がどれだけかかるのか計り知れないのに、父親はわたいが母親の世話をしてきたのを感謝してくれて、わたいの希望をかなえてくれた。わたいの欲しい物、洋服や宝石を買ってくれたり、行きたい所にも喜んで連れていってくれたりして、わたいが一人になった時に困ることのないようにと、一生懸命に働いてくれた。

その父親がやがて定年を迎えると、わたいは三十五歳。二人で買った株が値上がりして、退職金も結構あり、何一つ不自由のない良い暮らしをすることになった。

父親は、家にばっかりいても退屈するということで、老人会の集まりがある「なごみの家」に行くことにして、わたいも父親と参加した。老人会のなごみの家とは、名前の通り、年寄りの集まる所。男の人は気の合う人同士で将棋(しょうぎ)をしたり、碁(ご)をしたり、女の人は手芸とか本を読んだりする。そこで友だちになり、お茶を飲みながら世間話をして、のんびりと一日を過ごす。なごみの家は、そんな所だ。

通い出してから、将棋が上手であった父親に将棋を教わりたい人が何人か家に来るようになって、老人会の会長さんまで来るようになっていた。

ある日のこと。月に一度、母親を連れてくるお姉さんがいて、父の世話をするわたいを見て、すっかり気に入ってしまった。そこで、会長さんにわたいのことを聞いた。

「あの娘はな、母親の病気を長いこと看病していて、母親はすでに亡くなったそうやけど、今度は父親の世話をしておる。ええ娘やで、まだ嫁にも行っておらん。父親は小金(こがね)を貯めておるし、ええもんや」

そのお姉さん、

「うちにも、親のためにまだ所帯を持ってない弟がいるけど、ちょうど年もあんまり違わんし、どうやろな」

お姉さんはわたいをすっかり気に入って、会長さんを通して縁談を持ってきた。

「ちょうどいい人がいるから、紹介するわ」

話はだんだんと進んで、こちらが考えている暇なしに仲人さんまで連れてきて結納まで入り、一方的に日取りまで決まった。相手の年は、三歳上だった。

「お父ちゃん、いややで。わたいは嫁に行く気、全然ないで」

やっと治った病気の後で、不安もあった。しかし、兄や姉たちは、わたいが嫁に行くことを大賛成していた。

「お父ちゃん、うち、いややや」

「町子、会長さんの顔もあるやろから、こちらから断るのもちょっとな。向こうさんから断ってくるように仕向けた方が、ええやろ。お父ちゃんにまかしとき」

どうしたら断ってくるか、二人で何度も話し合った。いい方法がなかなか浮かんでこない。

「そうや、町子。いっそのこと、風呂入らんとくか。式は二カ月後や、それまで風呂入らんかったら、なんぼなんでも断ってくるやろ。不潔すぎる言うて、いやがるかも」

父親の考えたことがうまくいくと思っていた。二月にお見合いして、十二月まで延ばして、デートも父親付き。相手はわたいとは正反対のおとなしい人で、まあ、見た目は悪くない。けど、わたいは何よりも、結婚する気はまったくない。

何度かデートもしたけど、毎回、父親付き。それでも、いやとは言ってこない。風呂も入らなかった。それでも、何も言わない。後でわかったことであるが、相手はひどい蓄膿症で、臭いなんかわかっていなかった。

結婚式

とうとう結婚式の日が来てしまった。だんなになる人は、好きでも嫌いでもない。わたいは結婚せずに、今はまだ一人でおりたいだけ。好きなように暮らしていきたかったのに、結婚式の日は来てしまった。

相手のお姉さんがこう言っていた。

「弟も親の世話をして、あんまり貯金もないから、質素に式を挙げてやりたい。当日の着る物も、ちょっとよそ行きくらいで、楽な服装で来てください」

家の親族は、お姉さんに言われた通り洋服で来たのに、そのお姉さんだけ派手な着物を着て、目立っておった。

わたいはというと、二カ月の間、顔も頭ももちろん体中どこも洗わず、わたいの体は臭い。本当に、垢だらけ。

「お父ちゃん、これでええか」

「そうやな。それにしても町子、臭いな」

「いややで」

「まかしとき、なんとかするから」

花嫁衣装の着付けが始まった。衣装係の人が、

「長いこと、カゼでもひいてたん？　垢で、化粧がのらんけど」

苦労して、顔に塗っておった。そりゃそうや、わたいの体はすっぱ臭かった。

「実は、こういうことで」

事情を説明するとわかってくれて、化粧をしてくれる。顔と首だけはアルコールで拭いてくれた。着付けも終わり、わたいは待合室で待たされていた。

ちょうど二番目の兄夫婦がやってきて、

「馬子（まご）にも衣装と言うけど、おまえみたいなブスでも、こんなに変わるもんやな」

こんなことを言った。

「ブスだけ、余計やろ。いやで座っておるのに」

心の中で叫んだ。それがきっかけになって、いやなことを何もかも思い出して、怒りがこみ上げてきた。好きでおるんじゃない。いばっていた兄が言ってきたのもあるけれど、誰が言ってきても同じだった。腹が立って仕方がない。寸前で泣きたい気持ちをもう止めることは無理。誉（ほ）めてくれたつもりでも、わたいには、いやみに聞こえていた。

「もう、いやや、いやや」

泣き出したら、止まらなくなった。化粧係の人が困ってしまい、

「お二人とも、部屋の外で待っていてください。せっかくのお化粧が台なしやないですか」

もう一度、涙で流れ落ちた顔の化粧をやり直してくれた。その時のわたいは若かったし、今みたいにいやなことはいやと言えなかったばかりに、それをずうっと引きずっておかしな人生になるとは考えなかった。

結婚するのにしかめっ面した花嫁なんて、あまり聞いたことがない。

出席者が集まって、三三九度の盃に、お酒が注がれていた。

「もう、やめた、やめた」

考えれば考えるほどいやになったわたいは、被っていた高島田のかつらをわしづかみにして脱ぎ取ると、床に投げ捨てた。

「何するんや」

三人の姉たちがあわてて拾うと、わたいの頭に被せた。だんなになる人が首をすくめて、驚いた顔をしていた。みんなもあきれて、呆然とした。わたいのことや、みんな放っといてくれ、しばらく沈黙が続いた。気まずいまま式も進んで、てんやわんやの結婚式であった。めったに、こんな結婚式があるものではない。

出席者全員が帰っていった後、わたいはだんなになる人を放っといて、父親のいる我が家へ帰ってきた。断る口実が見つからず、腹が立って、

「いやや、いやや。お父ちゃん、なんとかして」

父親も、困っていた。

わたいは、一晩中、泣き明かした。

次の日、だんなの姉がわたいを迎えにきた。

「町子ちゃん、切符も買ってあるから、新婚旅行行ってもらうで」

強引であった。

「お父ちゃん、いやや」

「町子、心配せんでもええ。お父ちゃんがちゃんと考えてある。そんなにいやなら、旅館の仲居さんに渡しや。ええようにしてくれると思うから」

そう言って、密かに書いていた手紙を渡された。封筒の中には、手紙と二万円、さらに三万円が入っていたから、必要に応じて、仲居さんに渡した。だんなが眠るまで仲居さんに見張りをしてもらうと、別の所で時間を潰して、なんとか無事帰ることができた。

帰ってからは、だんなの姉から二人のために用意されていた借家を引き渡され、そこでの生活が始まった。

だんなはその時、決まった仕事を持たず、ブラブラと遊んでいた。どんなことをしていたのかは今でも覚えておらず、それでも、家賃程度は出してくれていた。しかし、とうてい足りるはずのない生活費は、わたいの父親から出ていた。わたいら二人の住まいは、共同トイレ、洗濯まで共同でする場所があった。その端には四畳半の土間があり、なんでかそこに野良犬三匹と猫が八匹、喧嘩しながらも一緒に住んでいた。というよりも、行き場所がないから、そこに住みついているようであった。管理人のおばあさんが一人で世話していて、こう頼まれていた。

「かわいそうな子らやから、一緒に世話してやってな」

「わかった」

もともと動物好きのわたいにとっては嬉しいことで、早速、犬と猫のためにちくわや小魚やら食べ物を買ってきて、管理人さんと二人で世話をする。今のようにペットフードなんかがない時代、食べ物を考えながら準備するのは大変なことであった。世話をしていると、いやなことはすっかり忘れて、わたいは食べ物作りに夢中になった。

夜になると、だんなが、

「遅いのに何をしている」

と、わたいの様子を見にくる。

「猫に食べ物あげてくる。忙しいから、食べたら先に寝といて」

食事の準備、掃除、買い物をしたら父親の所に行って、帰ってまた同じことをする。それは、忙しい毎日であった。

「食べ物の用意、してくる」

毎日、動物たちの所が、わたいの逃げ道になっていた。そのうち、犬と猫とも仲良しになる。勝手に名前を付けて、一緒に遊んだ。

「早よ来い」

「まだ、世話するの、残ってるから」

だんなが寝てしまうまで、犬、猫と遊んだ。

しばらくすると、

「おしっこの臭いが耐えられへん」

と、近所から苦情が出始めた。困ったことに、家主さんも大の犬猫嫌いということがわかった。管理人さんが家主さんに呼ばれて、

「飼うたらあかん」

だんだんと注意されるようになってきた。それでもどうすることもできず、二人で世話をしておった。

ある日、買い物から帰ってくると、静かで、物音一つ聞こえてこない。

「保健所に連れていかれた」

そんな話をしている。

わたいの心は落ち込んでしまって、泣いてばかりであった。ちょうどどこかから帰ってきただんなが、

「ようし。わしが保健所に行って、連れ戻してやる」

そう言うと、自転車を飛ばして、助けに行ってくれた。殺処分寸前の三匹の犬は間に合い、連れて帰ってきた。だんなにも、良い所、あるんや。その時は、感謝した。

すぐ上の兄が、奈良に住んでいた。その兄に相談すると、近所の人や友だちに頼んで、飼い主を見つけてくれた。これでひと安心。犬は助けてもらったけれども、猫はどこに行ったのか、見つけることができなかった。

優しいところのあるだんなではあるが、生活となると別のことで、まったく働く気

がない。

「お父ちゃん、食べていかれへん、いやや」

働き者の父親を見てきたせいか、だんなが仕事をしないことに腹が立った。

「町子、我慢せえ、そのうち、働くようになるから、我慢せえ。そうや、弁当、作ってやってみ。それなら仕事せんとあかん、そう思うかもしれん。弁当、作ってやれ」

わたいは父親の言う通り、朝早く起きてお弁当を作った。起きてきただんなは、

「腹が痛い、今日は無理や」

弁当を作った初日から言いだした。次の日、また、弁当を作る。

「今日は、頭が痛い」

と言う。まったく、働く気がないのだ。四十前の男なら、もう少しやる気を出してほしい。だんなはだんなで言い分もあって、いやがるわたいに、

「どうも、一回も夫婦生活させてもろうてないぞ。おかしいな。おまえは、犬としてんのか」

そんなことを言うようになった。

「口の悪いだんなはいやや。仕事もせんし、いやや」

「お父ちゃん、あの家にはもう帰らんで、いややから」

「よっしゃ。町子がそこまで言うんなら、よっぽどのことやろ、帰ってこい」

考え込んでいた父親が、

「気分変えるのに、家でも買うて、出直しするか」

そう言ってくれた。

わたいと父親は、家探しをすることになった。あちこち探して、父親は、

「町子はもともと山が好きやから、山のある所で探そう。神社も好きやったな」

こう言っていた。たまたま神社の近くで三軒の建て売りを見つけると、その中の一軒を買うことにした。だんなの留守を調べて、持っていった自分の荷物を運んできて、やる気が出たところ、だんながついてきた。

「嘘や。そんな馬鹿なこと、ありえへん」

わたいは思った。

これは、父親が考えたことらしい。おとなしいだんなは、気の強いわたいにはちょうどいいと、密かに思っていたのだ。

だんなは、父親とわたいの前で土下座して、懇願してきた。

「もう夫婦生活もせんでいいし、一生懸命働きますから、ここに置いてください」

「町子、置いてやろう。仕事もする言うてくれてるし、もう、ええやろ」

そんなことを言いだした。それだけじゃない、せっかく買った新築の家をだんなとわたいの二人の名義にすると、

「男なら、責任を感じてたいていの人は真面目になって、やってくれるやろ」

そう信じていた。そこで、頭金だけ出して、後は二人でローンで払うこととした。

一階が父親と柴犬のジョンちゃんの部屋。柴犬のジョンは、わたいの犬。前の家から連れてきた、真っ白な犬で、賢い子であった。二階の南側が、わたいの部屋。ベッドを置いて、念のため入り口には鍵を付けた。階段を挟んで北側の部屋が、名ばかりのだんなの部屋。変な形の、三人と一匹の生活が始まった。知り合いに頼んで仕事を紹介してもらうと、だんなは、ちょっとはやる気が出てきたのか、働くようになってくれた。けれども、わたいにはもう、夫婦として暮らす。そんな気持ちは全然ない。最初からなかったのだ。それでもいいから、置いてほしいという。どうやら、わたいが気に入ったみたいや。

生活費は、父親とわたいに、一万円ずつ渡してくれる。あとの食費も、家のローン

も、父親が出した。最初の頃は、給料も安かったから仕方がない。そうして、何日か過ぎていった。慣れてくると人というのは、だんだんと相手の欠点に気が付いてくるものだ。食事をする時は、父親の部屋で三人が一緒にごはんを食べる。だんなは、わたいと父親に、気を使うことがなく、タバコをぷかぷか吸った。その煙が部屋中に充満して、私の我慢にも限界が近づいていた。さらには灰皿の中に、タバコの吸いながらと一緒に青い痰をはく。

「だんな。悪いけど、耳鼻科に行って鼻のお薬、貰うて来た方がええで。蓄膿が悪化したらどうする。わたいも一緒に行ってあげるから、一回、診てもらおう」

「町子が言うんなら行ってみてもええよ」

父親も同じことを考えていた。早速連れて行くと、先生がレントゲンを撮って注射をして、手術が始まった。

「先生、待ってください。どういうことですか、困ります。まだ、心の準備もできてないし。町子、何とか言うてくれ」

だんなは驚いていたけれど、わたいと父親で考えたこと。前日に先生と相談して、状態が悪ければ、手術してほしいと伝えていた。蓄膿の手術は日帰りで行われた。

二、三日の間は、頬が腫れあがっていたけれど、すっかり治って、青痰をはくことはなくなった。その間に、何匹かの猫も飼うようになっていた。

十二月、お正月も近づいてきた頃、だんなは犬と猫の世話をするお金がもったいないと思うようになってきていた。家の中の電気を片っぱしから消したりして、節約を考えるようになった。それに、わたいが父親と仲が良いのがどうしても目ざわりで、気に入らんようになってきた。ふとしたことで、わたいと言い争いが始まった。

「おまえと父親はできてんのか」

「なんやて、親と子が仲悪うてどうする、家族やないか。仲が良いのは当たり前のことやないか。真面目で、真剣に生きておる者を前にして、言いたいこと言うともう許さへんで、出て行ってんか」

もう、我慢するものか、このケチめ。お父ちゃんが止めようが、そんなこと、関係ない。食べさせてもろうて、家のローンも払わんと、なんてこと言うのや。何や知らんけどタバコばっかり吸うて、空気も悪いし、吸いがらと一緒に青い痰をはくな。それがいやでも、我慢していた。けど、もう許さへん。

「出て行け」

わたいは知り合いに頼んで、一番家賃の安い部屋を間借りしてくると、そこにだんなを追い出した。だんなは玄関の外で土下座して泣きながら、

「もう言いません、ここに置いてください」

何度も、何度も頼んだのに、わたいは許さなかった。近所の人が何事かという顔をして出てきた。何にも知らないから、

「そこまで、せんでも」

なんとなく同情していたみたいで、あきれ顔でみんなが見ていた。

「男なら、嫁を食べさせるようになってから、結婚するもんやろ。今まで、何してたんや。言いたいことばっかり言うて、なんで、こちらが食べさせなあかんのや」

わたいも、口が強かった。強引に追い出した。お正月前の寒い日であったから、カゼをひいたらしい。

その後、だんなは彼の姉の所で暮らすことになった。買い物してスーパーに行くと、バッタリ二人と会うことがあった。

「町子、悪い女や、どついたろか」

姉に、何度か言われた。

「町子をどついたれ」

わたいも負けずに、

「このしょんべんたれめ、わたいによくも押しつけたな」

姉に言ってやった。それからは、会うても口をきくことはなかった。

「籍は、抜いたるな」

姉の言いつけであった。だんなは懲りずに、毎月、父親とわたいに一万ずつ小遣いを持ってきた。夕方、それも暗くなってからわたいを呼びつけて、腹巻きから、お金を取り出す。

「ちょっと待てよ」

小遣いやってる、というような顔して、お金を渡す。

「貰わんとこか」

そんなことを思いながらも、相当食べさせてきたから、貰うべきや。

籍はそのまま、扶養家族で税金が助かる。わたいの方も病気になると保険が使えることもあって、お互いがそのままズルズルと過ごしてきた。

わたいは好きなことをして暮らしたい。母親がまだ生きていた頃、テレビで流行った時代劇、遠山の金さん。主演の杉良太郎が歌う「すきま風」、その歌を聞いてからすっかりファンになって、追っかけをするようになっていた。母親が亡くなって、病気が治ったあとも、ずうっと追っかけは続いており、歌舞伎座まで足を運んでいた。若い時からそうであるが、わたいの凝り性は、ハンパと違う。まず、席取りから。関係者は別のルートがあって、良い席とか特典があったけれど、わたいら一般人は良い席を取ろうと思えば、前の方に並んでチケットを買う方法しかなかった。そこで、寝袋を持っていって順番取り。一番が欲しいため、そんな苦労をして、何枚か良い席を手にする。杉様には、どれだけ使ったかわからないくらい。年に二回の公演は、ほとんど通いっぱなしであった。母親の世話が大変で、わたいの楽しみはそれしかなかった。父親の仕事が休みの時、

「行ってこい」

そう言ってもらい、公演当日になると美容室の人に頼んで家まで来てもらうと、目立つ派手な着物を着せてもらい、特別に目をひく大きな花束を手にして、出かけていく。バスツアーにも何度か参加した。握手もしてもらったし、あの時は良かった。

毎日のように着物姿で、家から駅まで十五分、歩いていくのを見ていた議員さんが、

「二号になってくれ」

そんなことを言って、家まで追ってきた。わたいは三十九歳になっていたが、籍のある名ばかりのだんなというものがいる。

「別れてくれ、金は十分出すから」

そんなことをだんなに言いに行ったそうで、怒っただんなが家までやってきた。

「籍なんか、抜いてやるもんか」

姉に言われて、意地にもなっていた。どうやらわたいのこと、まだ好いていた。そんなだんなと違い、わたいの性格は男みたいで、言いたいことはズケズケと言い、後がない。それが、良かったそうだ。わたいの方は、どちらにもそんな気持ちはこれっぽっちもない。杉様の、「すきま風」の歌に、惚(ほ)れていただけや。

追っかけは、かれこれ十年ほど続いた。母親が亡くなり、白血病もした。結婚して、追い出して、そのうち杉様と伍代夏子の噂が広まって、なんとはなしに行くのをやめた。

猫たちと

「親切なお父さんと、娘さん、この子たちをお願いします」

玄関前に段ボール箱が置かれて、箱の上には手紙が添えられていた。なんと、段ボールの中には親猫と子猫三匹がくっついて入っていた。何かの事情があって置いていったと思うけれど、いきなり四匹は大変。わたいら父子が猫好きなことを知っている近所の誰かが置いていったはず。父親もわたいも困ってしまった。仕方なしに飼うことにして、その四匹は父親の部屋で面倒

を見ることにした。猫たちはよく懐いて、特に子猫のいっちゃんという子は、いつも父親の後を追いかける可愛い子であった。それから何日もしないうちに、玄関を開けたら別のキジ猫が、三匹の子猫を産んだばっかり。寒さのせいか、すでに子供たちは亡くなってしまい、親猫が体を丸くして、震えていた。

「お父ちゃん、どうしよう」

「町子、これ以上はどうもなあ。知り合いの神社の宮司さんに頼んでみるか」

わたいはそのキジ猫に袋を被せると、自転車の前かごに乗せて連れていった。自転車で二十分、宮司さんはいい人で、

「いいよ」

と、快く引き受けてくださったので、その庭先に置いて帰った。

一晩過ぎて、二晩目。なんでかキジ猫が気になって、眠れそうにない。父親も気にしていた。

「縁があったら、まだ置いた所におるやろから、もしそこにおったら連れて帰るか」

「わたいもそんなことを考えていた。お父ちゃん、見に行ってくる」

「おるかな、どうかな」

いろいろ考えながら、自転車で急いだ。

その子は神社の入り口で、置いたまんまのその場所で、ご飯も食べずに待っていた。

「まっちゃん、わたいの肩に乗るか？　しっかりつかまえとけよ、放さんかったら連れて帰ってやる」

そう言って肩の上に乗せたら、言葉がわかったのか、わたいの肩に血が出るほど力強く爪を立てて、しがみついてきた。

「可愛い子やな」

わたいは抱（かか）えもせずに、

「しっかり、持っとけよ」

ペダルを踏んで、家に連れて帰った。

その親猫一代目まっちゃんは賢い子で、人の言うことをよく聞いてくれて、体も元気で二十年、最高に生きた。

猫たちは、一日の三分の二くらいは寝て暮らす。忙しいのはご飯時と、おしっこ、うんちの始末をする時。二人で協力し合って、世話をした。

三番目の姉が母親の墓掃除に来て、仏壇にお線香をしにきた。久し振りに見るわたいが驚くほど痩せているのに気が付いた。猫や犬の世話で、父親もわたいも自分のことをすっかり忘れていて、わたいは五十キロの体重が三十九キロになっていたけど、別にどこも痛い所もない。

「横に寝てみ」

姉が言うので、床の上で横になる。両手を頭の上にあげて、胸を触ってみたのに、別に異常なし。下腹部が何かしら、腫(は)れて見える。姉が触ってみると、硬(かた)い塊(かたまり)が何個か、ポコンポコン。わたいも触ってみた。まるでつくね芋みたいな物ができていた。なんで、今まで気が付かなかったのか。

「一回、診てもろうた方がええで」

父親も心配しており、

「診てもらおうか」

二人に連れられて、婦人科に行くことになった。病院の先生が、

「更年期前の症状で心配いりません」

大丈夫と言ってもらった。考えてみると、出血がかなりあり、痩せてきたのは更年

期のせいか。頭の良い姉は、どうしても納得しない。

「もう一回、診てもらおう」

派遣で専門の先生が来られると聞き、その日に飛び入りで診てもらうことにした。

先生は若いのに婦人科ではかなり有名な人で、手術もできると聞かされた。当時は、CTもエコーとかもない時代、全部、手さぐりの判断。

「痛かったと思いますよ、よく辛抱しましたね」

わたいは生理痛だと思っていたから、いつものことと我慢をして過ごしてきた。

「子宮癌。それも、癌が骨まで進んでいるから、子宮も卵巣も全部取らんと、命が危ない。一日でも早い方がいい」

「そんな」

三人とも、呆然とした。

「貧血がひどいので、輸血して血も増やさんと駄目です」

明日入院。三日後に手術。早々に言われて、家に帰ると、入院の準備をする。

電話が鳴った。

「どうも気になります。一日でも早い方がいいから、明日手術します」

病状が、かなり深刻であったと思う。前に盲腸の手術をしたことがあって、それが腸に癒着（ゆちゃく）していた。外科の先生も一緒に、婦人科の先生と二人で手術をすることになったため、かなり大がかりな手術であることには間違いない。

それから全身麻酔で、五時間半。子宮と卵巣の摘出手術を行った。癌が骨まで進んでいたため、その骨の悪い所も削り落とす。本当に大手術であった。先生の執刀に心が入っており、徹底的に悪い所を削り取っていただいたおかげで、今も再発することはない。名医が命の恩人である。嬉しくて泣けてくる。

わたいのお腹は十四針も縫って、それから二カ月という長い入院生活であった。

家では、父親が犬とたくさんの猫を抱えて、忙しい毎日を送っていた。猫は、砂があれば家の中でしてくれるから、おしっことうんちの世話は楽である。犬は、そうもいかない。日課のように、ジョンを連れて散歩をしていた。いつもの散歩コース。小さな畑に、まだ生まれたての目が開くか開いてないかの、真っ白い子猫が一匹、捨てられていた。年寄りのジョンは、あまり猫は好きでもなかったのに、なんでかその子猫を口にくわえて、放す気配がない。とうとう家まで連れてきてしまった。ジョンはオス。それなのに、子猫はお乳を探す。親と思っているのか、ジョンのお乳が出ないのに、吸っている。

父親は、急いで粉ミルクを買ってくると、お湯で溶(と)かして、ジョンのお乳に塗りつける。その子猫は、チュー、チュー吸うてくる。何度も何度も、ハケでジョンのお乳にミルクを塗りつけて飲ませる。その子は親だと思っている。ジョンは、ペロペロと子猫をなめて、まるで母親。おしっこの始末までして、オス犬とオス猫は、すっかり親子になっていた。子猫が少し大きくなって乳離れするまで、父親は同じことをして育てた。忙しかったことと思う。

退院してきたわたいは、その子猫

に、「良太郎」と名前を付けた。ジョンと良太郎は、寝ても起きても、いつも二匹でくっついて遊んだ。わたいはその姿を見ているだけで、幸せを貰う。

年も過ぎて、白い柴犬、ジョンが亡くなった。そうして何年もしないうちに、良太郎も外に出た時、心ない人に毒を飲まされて、苦しんで死んでいった。良太郎は、まだ一歳半であった。

わたいと父親は、ジョンの眠っていたお墓に、良太郎を重ねるようにして埋めた。今でも仲良しでいることと思う。良太郎の死は本当に悔しい。家の中から出さずにおれば、あんな悲しい思いをせずに済んだものを。ジョンと良太郎には特別なものを感じていたから、お寺さんを呼んでお葬式をした。

父親と猫

親猫が子猫を産み、その子猫が捨てられる。そんなかわいそうな子を保護したりして、二階の部屋はいっぱい。多い時で、十八匹になっていた。オス猫は所かまわず、柱とかにおしっこをする。高い所に上がったかと思えば、仏壇の上からおしっこを飛ばす子もいる。障子や襖に爪で穴を開けると、みんながおもしろそうにひっかいて、だんだんと大きな穴になって、もうボロボロ。修理しても、きりがなくなった。壁もボロボロ、好きなように遊ぶ。

喧嘩して、部屋中、走りまわる子も。特に子猫はよく遊ぶ。動く子の方が元気で、あまり病気もしないことがわかった。猫にもグループがある。親子とか、血のつながりのある子は仲が良い。部屋を分けて住まわせた。ひどい時には、わたいの部屋も占領されて、わたいは廊下で寝た時もあった。それでも可愛い。猫のことを知れば知るほど、可愛くてどうしようもなくなる。

父親とわたいは猫の世話をしながら、近くの池に魚釣りに行って、亀さんまで釣って逃がしたりして、一日を過ごした。

わたいと父親が二人で映画館に行った時、父親が好みの女性にめぐり会った。そういえば、母親が亡くなってからもうかなり経っていたから、やっぱり淋しいのや。わたいじゃ話の合わんこともある。茶飲み友だちも欲しいはず。わたいが協力してやろう。

「おばちゃん、こんなこと聞いてごめんやけど、一人もんですか?」

一人目に声をかけた。まず調べてからでないと。後々、ややこしくなったら困る。

「そうやで、一人もんや」

「よろしかったら、うちの父親と茶飲み友だちになってもらえませんか」

父親を見て、

「ああ、茶飲み友だちならいいよ」

すぐに、オーケーしてくれた。

その一人目のおばちゃんは、最初は仲が良いように見えたけれども、お金が絡んでくると、なんとなくお互いがギクシャクするようになり、早々に友だちをやめた。どこか性格が合わなかったのだ。

「お父ちゃん淋しそうや。ようし、もう一回友だちを見つけてやろう」

わたいはまた父親を連れて、映画を見に行った。座席に座っているお年寄りをあれこれ探して、

「お父ちゃん、どうや。友だちになってくれそうな人、おりそうか」

「あんな人がええな」

「わかった、聞いてみてやる」

たまたまトイレに行くところを見つけて、声をかけた。

「おばちゃん、いきなりでごめんな。なんとなく感じのいい人みたいやから、父親の茶飲み友だちにどうかなと思うて。よろしかったら、話し相手になってください」

「友だちならええよ、茶飲み友だちになるわ」

今度の人は優しそうで、なんとはなしに気が合った。二人で何度かデートしたりして、老後の生活を楽しんだ。

夜の山歩き

父親が茶飲み友だちと出かけるようになり、わたいは一人、近くの神社に散歩に行くことにした。わたいの近所には、神社が三つもある。一つ目の神社は、楠木正行(くすのきまさつら)を祀(まつ)ってある大きな神社。お正月になると、初詣の人たちでいっぱいになる。その神社を越えて、二つ目の神社も越え、三つ目の神社を歩いていた。

その時、わたいの前を横切った者がおる。

「何やろな」

来た道を少し後戻りした。東側には、雄松（おまつ）と雌松（めまつ）が生えている。道を挟んで西の方には、古い木が大木になっていくつか生えていて、竹林もいっぱいあり、うっそうとしている。その古い木の根元に、大きな穴が開いていて、そこに何かが入っていくのが見えた。わたいは追いかけると、その木の根元から、そうっと下の方を覗いてみた。辺りはうす暗く、なんでか気味の悪い所。よく見てみると、二、三メートル下の方に古いお墓が何個かあって、一番大きなお墓はもう倒れてしまい、苔（こけ）がいっぱい生えている。お墓のまわりで、黒いものがザワザワと蠢（うごめ）いている様子が見えた。

「誰かいるんや」

目が慣れてくると、お墓の様子がはっきりと見えた。なんとそこには、猫、狸に狐、猪もいる。動物が何十匹といるではないか。

「これは現実なのか。わたいは夢でも見ているのか」

目を疑ったほど、驚きで背すじがぞくっとしてきた。

そこは、人間や強い動物に追われて逃げてきた、弱い動物たちの最後の居場所のように見えた。捨てられて迷い、辿り着いた子もいるはずだ。この場所で生まれた子もいるかもしれない。みんなガリガリに痩せて、喧嘩する元気もない。その子らはジーッと体を寄せ合い、食べる物もなく、朝を待っている。そばには、猫の死骸（しがい）、狸や狐の死骸もあって、お墓のまわりにはなんとなく霊気が漂っている、寒い所。

「これは、なんとかせんとあかん」

そんな気がした。

「元気そうな子だけ連れて帰ろうか。いや待てよ、家にもかなりいるし、病気でも貰ったら大変なことになる。誰かに助けを求めても、噂になるはずや。みんな殺されてしまうやろな。この子ら、何にも悪いことするような状態じゃないのに、どうしよう。知らんふり、できん」

急いで家に帰ると、ちょうど帰った父親に、相談してみた。その頃はまだ父親が元気で、一緒に見に行ってくれて、こう言った。

「町子、おまえが食べ物運んでやれ」

父親は、それが一番良い方法ではないかと考えた。

「そうや、お父ちゃん、そうするわ。うちがこの子らのために、食べ物を運んだらええんや。そうするわ」

病気持ちのこの動物たちに、一日でもいいから生きていてもらいたい。冬のせいもあって、わたいの心がなんとなく淋しい時であった。せめて一冬(ひとふゆ)だけでも、春になるまで、子供だけでも温めてやろう。それ以外のことは何もかも忘れて、かわいそうな動物たちのことだけで頭の中がいっぱいになった。うす気味の悪いお墓のことは、どうでもよかった。

わたいは、寝袋とカイロを用意して、食べ物をいっぱい買うことにした。今のように、ペットフードや缶詰がない時代で、食べさせてあげるのも一苦労であった。けれど、自分の所の猫が増えたと思えばいい。多めに用意すればいい、そう思った。

市場の鶏肉店に行って、ねぎった。

「きょうだいが多いから、甥と姪がいっぱい来よるねん。生活大変や、安うして」

ささみの柔らかい所を、当時グラム二十円で話をつけて、毎日一箱買うことにした。それから、魚屋さんに行って、いわしやその日の安い物を毎日買うからと言って、一箱話を決めた。何十匹という、とんでもない数の動物の世話をするには、出費も覚悟しないといけない。あちこちのスーパーをまわって、少しでも安い物を買うようにした。毎日のことであるから、今までみたいな贅沢をやめて、節約していこう。好きな食べ物もちょっとだけ我慢しよう。幸いなことに、父親が一生懸命に働いてくれたおかげで、家の猫たちはなんとか大丈夫そうである。でも、山の動物は例外。

「やってあげ」

そう言ってくれても、自分の力でやるしかない。兄や姉たちから貰った小遣いから、お金を出すことにした。

食べるお米をパック入りにして、そのパックをお皿の代わりに使う。それなら軽いから、持っていくのも帰るのも、少しでも楽だと思った。大きなお鍋に水を入れ、お米とささみ、魚とかを混ぜて食べ物を作る。お水の代わりに、人の赤ちゃん用粉ミルクをお湯に溶いて、飲ませることにした。それなら少しでも栄養が摂れるから、弱っている山の子たちにはいいと考えた。

このことはシークレット。すべて一人でしないといけない。わたいには、本当に相談のできる友だちが、まだいなかった。

動物の数は、猫が二十匹ほどと狸、狐、猪の子供をみんな合わせて、三十匹と計算して、食べ物を持っていくことにした。ちくわも用意して、その中にご飯を詰め込み、猫以外の動物にはそれをやることにした。

わたいの姿、頭は顔ごとすっぽり目出し帽にして、ゴーグルも用意する。父親の肌着、毛皮のチョッキ、ジャンパーなど全部男物。女の姿は危ないから、男性みたいな格好で行こう。いろいろ考えて、暖かい服をダルマのように着込んでいくことにした。

夜になると、登山用の大きなリュックに食べ物を詰め込んで、飲み物を入れる。それと、自分の寝袋を入れて、カイロとかを入れるともういっぱい。袋を用意して、腰にもぶら下げて、体の右も左も荷物がいっぱいになった。その姿を見て、ふと友だちから聞いた話を思い出した。

わたいの姿は、まるで、おみっちゃんみたいだ。

おみっちゃんとは、身寄りがない男性で、戦後、家から家へと食べ物を求めて歩き、人から貰える物は何でも貰い、身に着けていた。古い鍋、やかん、コップなど、持ちきれない物は背中、腰にぶら下げる。いっぱい物が溢(あふ)れて、ガランガランと音をたてて、よたよた歩いた。言葉も少なく、話すことをいやがった。

もう一人、あきやんという人もいた。あきやんは、独りぼっちでも性格が明るく、農家から食べ物をいただくと、嬉しくてお礼に歌を歌って、最後にピリピリと笛を吹く。身なりもきれいでみんなから好かれ、食べ物も多めに貰っていた。そんな二人の男性がいたことを思い出したのだ。

自分の姿を見て、ふと、おみっちゃんみたいやと思った。けど違う。わたいはあきやんみたいな明るい性格。大きな声でみんなと話す。でも、笛を吹いたら人に知られるから、体中にいろいろとぶら下げて、わたいはおみっちゃんみたいによたよたと静かに歩かないといけない。

「お父ちゃん、行ってきます」

「気いつけて、行っておいで」

十二時十分前の真夜中、そうっと、家を出て行く。冬の夜は暗い。一つ目の神社の裏手に、春には花見客で毎年いっぱいになる桜の木が何十本か植えてあり、その道を越えていく。さすが冬の真夜中は、誰一人、通っていない。長ぐつで静かに歩く。懐中電灯は持っているけど、誰にも知られたくないから、つけずに歩く。昼間に、歩くコースを考えた。毎日の散歩で、夜に暗くなっても道は大体わかるし、慣れているけど昼と夜とでは感じが違う。二つ目の神社へも、少し上の道を通る。杉林があって、狸が走る時もある。風の強い日であったから、歩くと、森は所々で木と木がぶつかって、カンッと音がする。古い木もいっぱいあるから、離れた所でドサッと枯れ枝が突然、落ちてくる。そうかと思えば、竹と竹、木と木がぶつかり合って、バリッバリッ、ザワザワ、木の演奏が始まる。みんな生きている。

ふと、昔のアバとの山歩きを思い出した。

山歩きは数えきれないくらいしてきた。鍛えられたわたいは、冬の山でも一つも怖いことはない。怖いのは人間。ふいに人が出てきたら、どうして身を守るのか。そんなことも考えて、殺虫剤のスプレーはすぐに取り出せる、服のポケットに入れてある。

山道は、なんとなく霊気が漂っていて、誰かが後ろから追いかけてくるようで、用心しながら歩く。

「待てよ、リュックは後ろから抱きつかれたら、逃げる前に捕まってしまう。明日から前にまわそうか。でも、歩きにくいし」

いろいろ考えながら歩く。風がヒューヒュー吹いて、山の演奏は続く。

黙々と歩くこと、四十五分。一つ目の神社を過ぎ、二つ目の神社を越えて、三つ目、やっとお墓に辿り着く。

わたいは雑木林の中を傘の柄を使って、木やら竹に引っかけて、下りていく。

やっぱりそこには、大勢の動物たちがいっぱい重なり合って、じっと寒さに耐えていた。秋に生まれた子猫たちは春生まれの子と違って、冬を越すことは大変で、たいていは寒さで死んでいく。元気で運のいい子だけ生き残る。なんとかしてやりたい。

まず、お墓に手を合わせて、真ん中の倒れた大きな墓の上に、お米を供える。

「おじゃまします」

もちろん、家から出る時、塩で体は清めてあるけれど、一握(ひと)りの塩を体やらそこら辺にまいて、手を合わせる。

「これからわたいが通い続ける間、何事もありませんように。わたいと山の子たちをお守りください」

わたいは素早く容器を置いていくと、そこにスプーンで一つ一つ、食べ物を入れていく。待ち構えていたように、みんなが一斉に食べ物のそばに寄ってくる。子猫が多かったから、体格の差で食べ物は狸と狐に食べられるかも。そうならないために、ご飯の詰まったちくわを周囲に投げる。

「腹いっぱい、食べよ」

みんなは声も出さず、ただガツガツ食べて、もう夢中。元気な子であれば喧嘩もするのに、同じ境遇でみんな、思ったよりも仲が良かった。空腹すぎて、争う元気もなかった。食べ終わると、その容器の中に順番にミルクを入れていった。

狸は家の近くまで来て、見かけることも多かったけれど、狐は、特に子供は珍しい。お腹の辺りが白くスマートで、ヒョコンと飛び跳ねる。なんとも言えないくらい可愛い。それに猪は、人が怪我をする話をよく聞く。わたいの目の前にいた猪は痩せていて、母親なのにひとまわり小さい。襲(おそ)ってくる元気もないほど、弱っていた。

わたいは、目出し帽の上に水泳用のゴーグルをして目を守ると、鼻と口はマスクをしてタオルで巻き、引っかかれないように顔を隠す。それから、持ってきた寝袋に入って、ダルマのように着込んだ体で横になる。全身、頭の先から足の先まで肌一つ出さずに、動物の爪から体を守る。寒い冬であったから、頭から足まで、使い捨てカイロを右と左に五個ずつ置いた。最初、馴れ馴れしい怖さ知らずの子猫が、わたいの首の間から、そうっと入ってきた。それを見ていた用心深い狸や猪の子供まで入ってきて、わたいの体中、可愛い動物でいっぱいになる。入りきれない親は外からくっついて、体を温める。警戒して、離れた所から見ている親もおった。

さすがに二晩、最初は怖かった。山歩きに慣れたわたいでも、鎧兜の血まみれの武士が無数に現れ、襲いかかってくるような異様な気持ちになった。何度も身震いをして、じっと耐える。この子らのためや、何もかも放り出して逃げたい気持ちを、じっと抑える。この子らのためや。

昔、楠木正成の子、正行が、足利軍の武将と戦って敗れ、弟正時と刺し違えて死んでいった。そんな山の一角だから、誰かのお墓かもしれない。それにしてはよく残っておるなどと考えてみたりした。後で調べてわかったことであるが、その墓は、江戸時代に建てられた無縁墓であった。名の知れない武将たちが埋められて、当時は誰かに祀られていたであろう。その墓が、今は藪の中。忘れられて、竹林の中や道のそばにあり、そんな石の墓が無数に散らばっている。じっと耐えて三日目頃になるとだんだんと慣れてきて、みんなと会いたくなり、夜が待ち遠しくなってきた。

真夜中の獣道。近道を行けば、三分の一ほどの十五分とすぐそこにあるのに、人通りのある明るい道は行けない。嫌いな人に見つかれば、どうなるかわからない。そんなことを考えると、遠い夜道の一つや二つ、なんともない。

「山の子の命と、替えることはできん」

朝が来て、四時にわたいは荷物を全部片付けて、家に帰ってくる。山の動物たちはそれぞれ自分の休み場所を見つけて、どこかに行く子、そのまままいる子など好きなようにしていた。山の子は夜行性だから、朝がくるとみんな静かに休む。

冬の夜道は、曇り空が多い。月夜の晩はきれいに見える獣道でも、暗い夜は一寸先も見えない。草が生えた細い山道に雪などが降ると、道がどこにあるのか見当もつかなくなる。そんな夜は、アバの言葉を思い出す。

「町子、いったん目を閉じて、じいっと精神統一するんや。子供の時、山に行って覚えたことを思い出すのや。ゆっくり目を開いて見てみ、道が見えるはず」

わたいは静かに目を閉じる。そして、そうっと開くと、ゆっくり道を探す。

「アバ、よう見えるわ。うっすらやけど、道がわかるわ」

わたいは、暗い夜も雪の夜も、何度か繰り返して、頭に浮かぶ勘を働かせて前に進んだ。

雨の降った日は大変であった。傘を何本か用意したけれども、寝ることができない。

天気の良い日に、自分の体がちょうど乗っかるくらいのベニヤ板を運んで四隅（よすみ）に石を敷くと、その上に乗せた。そうすれば、雨水がその下を通るから大丈夫。あとは、何本かの傘とシートを被せて、雨から守る。

狸とか狐は元気でも、猫は大の水嫌い。寒いと、一度でカゼをひいて病気になる。ボロ切れを多めに持っていって、体を拭（ふ）いてやった。雨も小降りになり、朝が近づくと帰り支度をする。山の斜面の木の生い茂った所に、ベニヤ板を隠して、次回の雨のために置いて帰る。そうして、わたいは毎日休むことなしに獣道を歩いて、山の子に会いに行った。毎日歩くもので、リスまでわたいのことを覚えてくれて、行く度に足元に出てくるようになった。しまいには、みんなと一緒に寝袋の中で休むようになった。

人は、わたいを変わり者と言うかもしれない。それでも、動物を世話して得られる癖（くせ）になる心の癒（いや）しは、口で表せないほどだった。

親ときょうだい

父親が茶飲み友だちのおばちゃんと、もう少し早くめぐり会っていれば、もっと楽しかったかもしれないけれど、年寄りのこと、二人とも八十歳を過ぎて、父親の方が長生きしたので、茶飲み友だちは先に亡くなり、淋しい思いをした。

そして、元気だった父親も年には勝てず、足腰が弱くなり、たまたま玄関で転んだ際、頭を強く打って緊急入院となった。手術はうまくいかず、だんだんと認知症が始まっていた。お医者さんにあれこれ手を尽くしてもらったけれど、年も九十を過ぎていたため、回復は難しいと言われた。

「お父ちゃんの病気は、わたいが治してやる。絶対に治してやる」

そう思い、退院させて連れて帰ると、父親を背負い、近所を歩いてまわった。

「山の子たち、しばらくご飯は朝のうちに運ぶ。夜は一緒に寝てやれんけど、かんにんやで。お父ちゃんが病気や、許してや」

そうみんなに謝って、食べ物だけ運ぶことにした。

「お父ちゃん、これは何の花か言うて」

「うう」

言葉が出てこない。

「梅の花やで、梅」

「うう」

「梅、言うて」

父親が元気な時、近くの池で魚釣りをして遊んだ。釣った魚や亀などを捕まえて、逃がしてやって、一日過ごした所だ。その場所も埋め立てが進んで、平地になっていた。幸いなことに、梅の木が二本残って、花を咲かせていた。細くなった父親を背中に負ぶって、以前二人で行った所を何度も見せに連れていった。

「お父ちゃん、覚えておるか、思い出したか」

何度も何度も同じことを言って覚えてもらおうと、尋ねてみたりした。

「この花は桜、言うてみて」

「さ」

「桜」

「そう、お父ちゃん、言えるやないか」

繰り返すうちに、言葉は出しにくいけれど、わたいの話しかけることは理解できるようになってきた。お医者さんも、その回復ぶりに驚いていた。

「お父ちゃん、金儲けしてみようか。株買うで、今日はどれ買う、言うてみて」

「これ」

父親がテレビを見て指さす。毎日、株を買ったりして過ごした。不思議なことに、時代も良かったのか、わたいと父親の買った株は値上がりして、かなり儲けさせてもらった。


父親は、黄桜の宣伝に出てくる三浦布美子が大好き。着物の裾からチラッと足元が覗くポスターが何枚か売り出された時、早速買ってきて、部屋中に飾ってやった。父親はそれを見て、嬉しそうににっこり笑ってくれた。

きょうだいも交代で見舞いに来てくれて、なんとはなしに忙しい日が続いた。みんなが生活を支えてくれて、特にわたいと年の近い、三番目の兄が良くしてくれた。おかげで、十分すぎる生活をしていた。その間に、おとなしい一番上の兄が病気になり、亡くなった。

「親より先に死ぬ者は、不幸者やぞ」

元気な頃にそんなことを言っていた父親に話すことはできず、みんなは、

「事実は知らせた方がええ」

そう言ったけれど、

「絶対に言わんといて。この年でお父ちゃんに悲しい思いはさせとうないから、そっとしといて」

言い争いをしたけれど、わたいは一歩も譲らなかった。寝たきりになっていく父親のオムツを替えて、消化の良い物を食べさせて、懸命に世話をする。軽くなった父親を背負って、外に出る。

「お父ちゃん、梅の花やで、きれいやろ」

父親は、笑ってうなずく。

「町子よ、困った時はお父ちゃんが助けてやるから、お骨は仏壇に置いておけ、守ってやるからな」

元気な時にそう言っていた父親は、九十九歳で亡くなった。最後の頃は、乳癌(にゅうがん)と言

われ、男性でも乳癌というものがあることを知った。父親の人生は、わたいの人生、ほとんど一緒に生きてきた。アバのもとから帰されて、空腹で辛かった時、自分の食べる分を少し我慢して、残して食べさせてくれたこと。母親が死んで、わたいが白血病になった時、病院代が高いから必死で働いてくれたこと。結婚して出戻りで心配させた時、子宮癌で苦しんで、悲しい思いもさせたこと。そんな時、すべて父親がそばにいて、励ましてくれた。身長百六十二センチの小柄な親であったが、残されたわたいが困らないようにと、寝るのも惜しんで働いてくれた。

それから一年後、父親に一番くっつき虫だったいっちゃん猫が、月こそ違うけれど、父親の命日に亡くなった。

三番目の兄が、わたいが一人でいるのを心配して、自分の家をリフォームする時、

「町子、おまえの部屋も作ったから、一緒に住もう。十畳の部屋で日当たりもええぞ。猫も自由にしてもろたらええ、一人じゃ淋しいやろ。心配やから、そうしよう」

父親がわたいのことを兄に頼んでいたらしく、嬉しいことを言ってくれた。

「迎えに行く、用意しとけよ」

急なことであったし、父親との思い出が残ったこの場所を、すぐ離れることに迷い

があった。それに、山の動物が気になった。

「兄やん、ちょっと待って。そのうち行くから、もうちょっとここにいさせて」

優しい兄であったから、いつも心配してくれていた。

わたいは相変わらずで、冬の間は山の動物と一緒に寝て、夏は朝の涼しいうちに食べ物を持っていく生活が続いていた。ベランダに、男物のパッチとか肌着が干してあったのをたまたま様子を見に来た誰かが見つけて、わたいに良い男ができたと勘違いしたため、姉らがみんなで来たことがある。それがきっかけで、親の面倒を見てきたからということでみんなから貰っていた生活費の援助がなくなった。

本当は、山の動物と恋愛していた。

父の着る物がいっぱい残っていたから、もったいなくて捨てられなかったのもあるけれど、それを着ている方が守ってくれる気がした。男物を着た方が安全や。それを干していただけ。それでも、夜中の山歩きは誰にも言うわけにはいかん。

人生とは皮肉なもので、思い通りにならないことを憎むしかない。優しかった兄が野良仕事をしていて、急に倒れた。頭の中に何かできていたみたいで、わたいを迎えることもできずに亡くなった。

それから二番目の兄が亡くなり、長女の姉も亡くなった。短い間にきょうだいが四人も亡くなって、姉二人、妹と、そしてわたいの四人が残ってしまった。

雌松と月明かり

わたいは五十三歳、山歩きがやっと慣れた、ある日のことであった。その日の朝四時過ぎ、寝袋をたたんで帰ろうとした時、ガサガサと、杉山の方から音が聞こえる。

「猪にしたら、ちょっと音が違うな」

わたいは傘の柄を木に掛けて、急いで上の道に上がると、目出し帽のまま前屈(まえかが)みで、じいっと様子を見ていた。道の反対側の上の方に、雄松と雌松が生えていて、雌松の方が道に近い所にあった。

その日は朝月が出て、辺りがよく見えた。わたいは体を伏せて、さらにじいっと見ていたら、それは人だった。「人や、怖いのは人間や」と、目潰(めつぶ)しのスプレーをすぐに取り出せるようにポケットから確認して、様子を見ていた。

その男の人は、革靴をはいて滑りながら山を少し上がっていくと、その雌松の前で止まった。月明かりで、よく見える。

「あっ、首つりや。なんでこんな所で首つりするんや、わたいの大事な場所やないか」

雌松の枝が、背丈より少し高い所にあった。ガサガサと、何かを探している。

「もしかしたら、足場にする物でも」

わたいの思った通り、その人は手頃な石を見つけると枝の下に置いて、自分のマフラーを投げつけた。引っかけるつもりで手を伸ばすけれど、それでも届きそうにない。今度は革靴をはいたまま、雌松に登って掛けると、そのマフラーを輪にしてくくりつけた。

「首つり、止めなあかん。けど、待てよ。そのままの声で言うても、逆上して何されるかわからん。ましてわたいは女や、知らんふりして帰ろうか。いや、死なれたら困る、助けなあかん」

わたいは、そうっと近づくと、頃合いを見て叫んだ。

「こらおっさん！　首つるんやったら、向こうの雄松でやれ。わしの雌松は松茸が出るんじゃ、折れたらあかんやろ、怪我してもあかんぞ」

わたいは男みたいなガラガラ声で叫んだ。するとその人は、それはもう驚いて、ストンと下に落ちた。尻もちついて、身動きできずにいる。わたいはそばに近づくと、

「にいちゃん、ごめんな、びっくりさせて。こっちも怖かったで、すまんかったな」

その人は、ブルブル震えていた。

わたいの格好は、目出し帽にリュック担いで男の服装、誰が見ても怖いと思う。

「にいちゃん、どないしたん、借金か」

「商売に失敗して、借金を作ってしもうた。嫁も子供も従業員もいる。みんなに申しわけない、死ぬしかないと思うてん。わしが死んだら生命保険が入るから、みんなが助かる、それしかないんや」

「それ止(や)めとけえ、みんなに辛い思いをさせたらかわいそうやろ。死ぬほどの勇気があるなら、何でもできると思う。また、ええこともあるやろから、馬鹿なこと考えたらあかん」

生意気なことを言ってしまった。わたい自身も、父親が亡くなって死にたい気持ちを堪(こら)えていたから、気持ちがよくわかる。

「うちは金持ちと違う、貧乏たれや。今はここ、衿の裏に一万円縫いつけてある。これしかないけど、温かい物でも食べて、もう一回、ええ方法見つけてやり直してほしい」

一万円を取り出すのに、わたいも怖さで手が震えた。

「帰ろう」

「来た道、覚えてない」

足の震えは、続いていた。そりゃあ、わたいの格好は驚くはずや。わたいも驚いた。

「ここ持ち、うちが引っ張ってやる」

わたいは、たたんだ傘の柄を持って、にいちゃんは先っちょを持つ。二人で山道をゆっくり歩きながら、やっと二番目の神社に帰ってきた。五段目の所に座ると、いろいろな話をする。辺りが少し、明るくなってきた。

「姉さん、顔、見せてえな」

「いや、見せられへんで。べっぴんやと、おっちゃん、悪い気持ち起こすから見せられへん」

「わし、もう絶対に死のうとせえへん。なんとか、頑張ってみるわ。姉さんの度胸に負けたわ」

「おっちゃん、十円玉持っとるか、タクシー呼んであげるわ」

二十円持っていた。

「おっちゃん、逃げたらあかんで、そこで待っとけよ」

家と反対の方角を歩いて、タクシーを呼んだ。

「姉さん、頼むよって、顔見せてくれ」

最後まで、何度か言っておった。

「ところでおっちゃん、おしっこ、ちびってへんか?」

「ちびってる」

無理もない、山の中で目出し帽を被った人を見ただけで、誰でも驚くはず。タクシーが来て、おっさんを送った。その後の噂によると、立派に立ち直って、事業も見事成功したそうである。良かった、良かった。

ホームレス

　父親が死んだ頃から、淋しさを紛らすために、食べることに夢中になった。朝から駄菓子子、昼も夜も甘い物、あんこの入ったお餅やチョコレート。ある時はお肉に凝って、毎日お肉ばっかり食べに行った。ご飯にはマヨネーズをどっさりかけて、少なくなるとチューチュー吸って、最後まで食べ尽くした。食べる物がなくなると、夜中であろうと開いている店を探して、食べ物を買ってきては馬鹿みたいに食べた。

　すると、五十キロもなかった体重が八十五キロになって、気が付いた時には醜い体。

「これはあかん、痩せんとあかん」

　わたいは刻みタバコを買ってきて、タバコというものを初めて吸うようになった。昔、母親がみんなに隠れて吸っていたのを、それとはなしに見たことがある。その時のキセルが残っていたから、真似をしてみた。「タバコを吸うと、痩せられる」と、誰かに聞いていた。それでも食べる物の量が多かったので、痩せるどころか、咳ばっかり出てくる。

そのうち気分が悪くなり、病院に行くと、血液ドロドロ、糖尿病の手前で即入院と言われ、タバコは止めた。

その後、膀胱も悪くなって、一回目は失敗、二回目の手術に成功して、病院で療養中に、ピーポー、ピーポー救急車が鳴って、一人の病人が運ばれてきた。先生と看護婦さんが出てきて、

「お名前は？」

「……」

「保険証は？」

「ありません」

「住まいは？」

「ホームレスです」

ピシャッと閉め出した。一銭も持っていないと聞いたら、それで終わり。病院の立場になれば、それも当然のことだから仕方がない。

「おっちゃん、どないしたん」

「足が」
見ると、足の一部が壊疽、腐っている。
「足がこんなやけどな、薬がない。金もないから、診てもらえんのや」
「どこに住んでんねん」
「橋の下で、雨露、凌いでる。仲間もおるんや。けど、みんな病気持ちで金もないから、辛抱してるんや」

辛そうであった。また、わたいの凝り性が始まった。

「市販の薬は合うかどうかわかれへんけど、友だちに頼んで届けてもらうわ、待っといてや」

犬の散歩をしていた時に知り合った友だちが何人かいたから、頼むことにした。

「退院したらきちんとするから、立て替えといて、頼むわな」

友だちは自分のことのように心配して、薬局から消毒液、キズ薬、カゼ薬、それから何人かの食べ物、飲み物を用意し、わたいの代わりに動いてくれた。本当に優しい、いい友だちであったのに、彼女は病気になって、わたいより先に死んでしまった。

入院中、山の子は気になっていたけれどどうにもならず、家の猫の世話は近所の人に頼んでおいた。ちょうど点滴をしていた時、猫の様子がおかしいことを知らされ、わたいは点滴の注射を腕に刺したままタクシーに乗り、家まで直行。二階の部屋へ上がると、部屋は閉めきりで、ムシムシしていた。

夏の暑い日であった。

「ニャーン」

「ハナちゃん、どうした」

わたいの顔を見たと同時に、熱中症でバタッと倒れて、そのまま動かなくなり息絶えた。その子はみんなの母親、かわいそうなことをした。

動物を飼うと留守にできないし、人任せにも限度があることを知った。

早々に退院して帰ると、

「みんなのために役に立つことをしよう。ホームレスの人たちが今、困っている。なんとかしてあげたい」

と考えた。入院している間の検査の結果、わたいはC型肝炎であることを知らされた。

それでも元気、わたいは、まだ動ける。

父親の残してくれたお金があった。でも、苦労して働いて、わたいのために残してくれたそのお金を使うわけにはいかない。

「自分で稼ごう」

働く所を探した。動物との生活に明け暮れて、年を取りすぎた。今さら、見つかりそうにない。わたいは一人で、新聞、雑誌、段ボール、空き缶などを集めることにした。プライドを捨てれば何でもできる。人のため、動物のためと思えば何でもできる。

自分の住んでいるところは、顔見知りもいるけど、縄張りがある。集める作業をするなら、誰かの生活の邪魔をしてもかわいそうだから、離れた所でしよう。

自転車に乗って、父親の着ていた物を身に着けて、頬被り（ほおかぶ）りをする。顔は見られずに済む。まるで男。

「よし、これでええ」

わたいは、できる範囲で集めてまわった。不用になった缶などは道端に放ってあるのを拾ったりして、多い時は月に七、八万円ほどになって、お風呂も三日に一回は

入ってもらえる。みんなが喜んでくれた。でも、そのうち慣れてくると、

「お風呂は毎日入りたい」

と贅沢を言うようになり、ホームレスの人が一人増え、二人増え、いつの間にか十五人ほどになった。

わたいは化粧水も買わず、シャンプーも買わない。肌が強かったから、固形石けんで全部済ませた。アバの所で煎じたどくだみを飲ませてもらい、外からも塗ってもらっていたから、今は何のトラブルもない強い皮膚が自慢であった。散髪は自分で鏡を見ながら、ハサミで切った。でも、限度があったから、それ以上のことはできん、辛抱してもらった。

そうして夜半は自転車で缶とか紙集めをして、それから帰ると家の猫たちの世話をし、夜中に山の子たちに会いに行く。そのままの姿で目出し帽を被ると、すぐに出て行く。忙しい毎日であった。

チャーちゃん

忙しい毎日も過ぎていき、C型肝炎の治療をしながら、十年以上が過ぎていった。三番目の神社を友だちと散歩していた時、その神社の軒下に二匹の捨てられた大人の猫がいた。ちょうどお腹を空かして鳴いている時に出会った。一匹は黒猫、もう一匹は茶と白の混ざった猫、どちらも牡、きょうだい猫ではない。黒猫の方がかなり大きかったし、茶色の子は、黒猫にいじめられていた。それでも、なんでか一緒にいた。行く所がないのや。

わたいは茶色の子をチャーちゃんと名付けた。そうして、見つけたその日から、二人で食べ物をあげることにした。友だちは黒猫だけ可愛がったので、わたいはチャーちゃんを可愛がる。

「なんや、汚い猫」

と言うと、友だちはチャーちゃんを蹴ったりした。それを見て、

「この人、本当に、猫好きな人か?」

と、疑ってみたりした。

それでも、二人で散歩しながら、食べ物をあげることにした。

わたいたち以外に、捨てられた動物をかわいそうに思い、世話する優しい人が何人かいた。冬の寒い日、親切なお年寄りが二人の姿を見て、チャーちゃんと黒猫のために新品の布団を家から運んできて、寝床を作ってくれた。二匹とも、なんとか冬を越すことができた。

月日も過ぎて、そのうち、友だちは餌やりするのがしんどくなり、いつの間にかわたい一人で世話するようになっていた。命のある動物、縁があって出会えた。せっかく仲良くなれたこの子らを、途中で見捨てることは、死を意味する。誰かがしてくれるとみんなが考えていたら、かわいそうではないか。


ある日、ふと気が付くと、土地の役員さんが後ろに立っており、

「こんなとこで餌やるの、やめてくれるか。嫌いな人もおるんやで」

そう、注意された。

「誰かに、迷惑をかけていたかもしれない」

そう思うと、わたいは誰もいない間に、黒猫とチャーちゃんに会いに行った。空腹で無心に食べる姿が幼い頃の自分と重なり、見ているだけで何もかも忘れさせてくれる一番の幸せな時で、一番優しい自分に戻った。

この辺り一帯はハイキングコースになっていて山があるせいか、どこからか手にあまった猫やら、犬やらを無責任にも捨てに来る人が多い。中には、動物好きな人たちが何人かいて、連れて帰る人もいるし、世話してくれる人もいる。それでも、そうした人の世話になって助かる子は、ほんの数えるほど。ほとんどの子は餓死したり、喧嘩したりして、病気で亡くなってしまう悲しい現実。

「誰かが、助けてくれるだろう」

そんな甘いものではない。捨てるということは、死を意味することを知ってほしい。

大きな黒猫はどこへ行ったのか、いつの間にかいなくなり、残ったチャーちゃんは、毎日わたいを待っていた。

何日かして、チャーちゃんに友だちができており、その子はシッポの先が十センチほど横に曲がっている、大きなキジ猫だった。男同士であるのに、そのキジ猫はチャーちゃんに優しく、賢い子で、隣の神社まで連れてきてくれた。わたいは、チャーちゃんと竹林の中に入って、時間さえあれば二人で遊んだ。キジ猫はどこに行くのか、いなくなったり、また現れたりして、不思議な子であった。

願掛け

山の動物たちが、一度に病気で死んだ時があった。辛くて辛くて、どうしていいのかわからず、元気が出なかった。もしも父親が生きていたなら、慰めの言葉を言ってもらえるものを、もういない。生き残った子たちにご飯をあげて、帰ってきた。

なんとはなしにテレビのスイッチを入れると、神の手を持つといわれる、いろんなお医者さんの手術の様子が映っていた。特にわたいが関心を寄せたのが、ある先生であった。有名な神宮の宮司さんの次男坊、脳外科の名医。拠点をニューヨークに置いて世界中をまわり、難病で苦しむ人々の治療に当たって、見事に治している。わたいは何もかも忘れて、山から帰った姿のまま、テレビの前で釘付けになってしまった。

自分はというと、生まれた時から病気を持って生まれて、成人してからも大病に悩まされ、ずうっと病気をして生きてきた。お医者さんに縁がないという人を見ると羨ましくて、

「なんで自分はこんなにも」

と、運命を悔やんでばかり。病気を治してくださる先生は、あこがれ、夢の人であった。

テレビで見たあの先生が、たまたま日本に帰ってくると知った日、新幹線に乗って東京へ向かっていた。何にも考えず、ただ、神の手を持つお医者さんがどんな人か見てみたかった。

神宮の近くで旅館探しをするけれど、どこも満員。やっと見つけたカプセルホテルで一晩泊まり、翌朝、早いうちに出かけた。ファンは、わたいだけじゃない。先生は、時の人であった。一目見てみたいという人で、すでにもう人だかりで、寄りつくことも姿を見ることもできそうにない。

結局、せっかく東京まで行ったのに、先生に会えずに心残りのまま、大阪に帰ってきた。残念、残念で仕方ない。次はいつ、日本に帰ってこられるか、会ってみたい。

どうすれば、会うことができるのか。

「ようし、神頼み。それしかないわ、願掛けしよう」

思い立ったその日から、わたいの願掛けが始まった。とてつもない願掛けであった。動物の餌やりも、ちょうど暖かくなってきて朝のうちに済ませるから、夜は紙拾いをして、ホームレスのみんなに食べ物とか、いろいろ持っていく。そして、家の片付けが終わると、願掛けが始まる。

それはそれは忙しい毎日。なんでそこまでするかといえば、子供の頃の想像もつかないような生き方が、染みついていたからだろう。


願掛けというのは、命を半分捨てて、一途に願いごとをすること。これは、アバの教え。白装束に着替えると、まず道路から神社に向かい一礼、両手を合わせて願いごとをする。願えるのは、一つだけだ。

「先生に会わせてください」

わたいの願いは、この一つ。六段の石段を上り、鳥居をくぐり、願いごとを唱える。二番目の神社をゆっくりと上ること、百七十八段。本堂の神社の入り口に、古いお百度石が建ててある。他の神社とはまた違うやり方。石の上に五円玉を乗せて、手を合わせ、願いごとをする。お百度石を胸に抱え込むと、ぐるぐる、時計の方向にまわっていく。一回、二回、三回、一途に願いごとをして、それを百回。今度は、御本堂さんの前に進み、一礼。跪(ひざまず)いて、額が土にくっつくくらい、深々と頭を下げてお願いする。誰かに見つかると駄目。最後に、獣道を通って、下りていく。元の場所に戻り、これで一回。

獣道、それは、杉林の間にある真っ暗な道。古い大きな木がうっそうと茂り、夜中になると狸、猪、狐などがよく通る。苦手な人は、昼間でも通りたくないと言う。それでも、わたいは平気。怖いのは生きている人間。暗い道なんか、毎日歩いている。お百度参りというのは、このくらい真剣にするもの。体力と時間があまりないから、一日に三回、することに決めた。願いごとをした時は、他に寄り道せず、家に帰る。

これだけやって、効き目がなかったら困る。

帰り道に通る、神社のすぐ横にある古くなった大きなお屋敷。その家は、以前わたいが白血病になった時、輸血に必要な血をまわりに声をかけて集めて助けてくださった、当時の市長さんのお屋敷だった。市長さんは大の猫好きで、家のまわりに二十匹近い野良猫が住みついていた。奥さんが猫嫌いな人だったため、わたいと二人で、よく世話をした。

お年寄りだったので、やがて誰もいなくなり、空き家になっていたのに猫が住みつき、夫婦猫が床下に住んでいた。

「あとの子は、頼むで」

わたいに、よく言っておられた。

残された夫婦猫に三匹の子猫ができたけれど、母猫には体力がないため、お乳が出てこない。近所の人がやってきて、

「この猫が、家の池の鯉(こい)を食べて困ってる。どこかに行ってしまえ」

と、怒ってやってきた。

「言うて聞かすから、許してやって」

夫婦猫は、その言葉がわかってかどうかは知らないけれど、それから姿がなかった。

残された三匹の子猫は、母猫のお乳がないと死んでしまう。わたいは屋敷の床下に入ると、その子らに哺乳瓶でお乳を飲ませて、世話をした。目が開き、ちょうど可愛くなって遊びまわる頃に、仲の良かった友だちが一匹捕まえて、家に連れて帰った。

他の子も連れていこうと何度も追いかけたけれど、逃げまわって、どうしようもなかった。友だちが保護してくれたキジ猫は女の子で、照やんと名前を付けてもらい、大切にされた。目のパッチリとした、可愛い子。もう一匹は、マチオちゃんとわたいが名前を付けた。あとの子は女の子、二代目まっちゃんと呼んだ。まっちゃんは、友だちが好意で保護しようとしたのに、それが怖かったためか、二度とわたいらの前には現れなかった。キジ猫ではあるが、黄色い色をしたぶさ可愛い子猫であった。それからマチオちゃんの世話をしながら、年を取ったチャーちゃ

んの世話もした。

リーン。

ある日、電話が鳴った。

月に一度、一万円の小遣いをくれる名前ばかりのだんなから。

だんなは寝たきりになった姉の看病をして、亡くなってから淋しいからか、よく電話をしてくる。

「何しとるんや、夜遊びしやがって」

「風呂、入ってた」

本当は、紙拾いと願掛けをしていたのに、つい嘘を言う。願掛けというのは、嘘をつくと効き目がない。その日はないこととして、もう一回、次の日にやり直す。足の裏は紫色になり、足袋(たび)はボロボロ。こうして、毎日、足袋はだしで歩き、百回の願掛けは十年と長い間かかって、やっと終わった。

「ようし、ニューヨークへ、先生に会いに行こう」

気持ちは元気でいるのに、体がだるく、なんとなく力が出てこない。

「どうして、こんなにもしんどいのか」

十年の年月の間に、C型肝炎が進み、進行性の悪性肝臓癌に。検査の結果、状態が悪く、余命半年、そう告げられた。

癌が見落とされて、そのまま放っていたから、進んでいったのであった。

「半年の命や。どう考えても、わたいには時間がない」

山の子はほとんど亡くなってもういなかったけれど、チャーちゃんとマチオちゃんがいる。

「マチオちゃん、お母ちゃんはもう駄目や。何かあったら、他の人が世話してくれる。元気で長生きするんやで」

そう言い聞かせた。あとは、チャーちゃんだ。こんな時に限って会うことができない。毎日のように、竹林の中で、チャーちゃんを探した。でもいない。

何日かが過ぎた。

「今日こそ、チャーちゃんを見つけたい」

わたいはチャーちゃんの好きだった魚のスープを作って、持っていった。

竹林の中、近くの道から神社を上がって下りて、そこら中を探したのに、チャーちゃんの姿はなかった。

近くに三軒の家があって、ちょうど真ん中の家の奥さんらしい人が出てきた。

「すみません。この辺りで、白と茶色のオス猫、見ませんでしたか？」

わたいは、覚えられると困るから、少し顔を隠して、恐る恐る目も見ずに尋ねてみた。ひょっとして、この人は猫嫌いな人かもしれない。聞かない方が良かったかもと、そんなことを考えていた。でも、わたいはもうじき死ぬんやから、やっぱり、聞いておこうと思った。

「猫ちゃん、もしかして、家にいてる、猫ちゃんのことかな？　一カ月ほど前から庭に住みついているんですけど、どこか病気みたいで、ちょっと痩せてる。見てみます？」

「はい、見てみたいです」

わたいは、弱々しい声でお願いしてみた。

その人は、庭の中に案内してくれた。西側に向いて進んでいくと、そこに、直径七十センチほどの、青い色をした石でできたテーブルがあって、その上にチャーちゃんが、静かに座っていた。

「チャーちゃん」

泣いてしまった。チャーちゃんが病気になっていることは知っていた。そのため、姿がないのは、

「もう死んでしもうたんと違うやろか」

そんなことを考えていたから、会えたことを感謝した。

「チャーちゃん」

心の中で叫んだ。この子や、わたいが数えきれんくらいの猫たちを世話してきた中でも、このチャーちゃんが一番、心に残っている。忘れることはない。もしも声出して、チャーちゃん言うて抱き上げたら、この人はなんて言うのか。

「お宅の子なら、連れて帰って」

きっと、そう言うに違いない。癌のわたいに、何ができる。でも、尋ねた。

「スープを飲ませてやっても、いいですか？」

「どうぞ、あげてください」

わたいの作ったスープ、最後であろうそのスープを小さなお皿に入れて、チャーちゃんの前に差し出す。チャーちゃんは、そうっと近寄ってきて、静かに飲んでくれ

た。覚えていてくれた。

「痩せて元気がなかったから動物病院に連れていって、インターフェロンの注射をしてもらったけど、エイズと白血病、両方かかっているから長くは生きられそうにないと言われて、かわいそうやけど……それでも、できるだけのことはしたいと思うてるんです」

そうや、チャーちゃんは、すでに病気になっていた。どうしても、自分と重ねてしまう。わたいと同じ、癌なんや。なんとも言いようのないほど、悲しかった。辛い気持ちを一生懸命にこらえて、

「ありがとうございました」

そう言って帰った。

最後まで面倒見たかったのに、思うようにはなれず、そんな自分が悔しく、なんと心残りのことか。それでもチャーちゃんは、すっかりこの家の子になっていた。猫好きの人で良かった。

「もう安心や、心残りはない」

仲の良かった友だちを五人呼んで、わたいが大好きだったルビーの宝石、父親から

買ってもらったり、自分で買ってきたりした物を、形見分けとして渡した。

さようなら

わたいは、大好きな山に登った。切り立った岩の上にいる。

「命よ、さようなら。いろいろあったけど、もう、これで楽になれる。さようなら」

そろそろ薬もまわってきたようで、立っているのがやっと。でも、もう少し、高い所へ行こう。

「お母さん、心配せずに早くおいで、楽にしてあげる。何も怖いことないから、飛び下りてきて」

下から、誰かが呼んでいる。やっとのことで見開いた目で辺りを見てみると、きれいなお花の絨毯（じゅうたん）がふわふわ浮いて、その絨毯の端っこを何十匹という動物たちが捉（つか）んで、わたいが落ちていくのを受け止めるように待っている。猫に狸、狐に、猪の子供たち。わたいが助けた大勢の山の子たちが、下から呼んでいる。みんな、亡くなってしまった、かわいそうな子ばかり。なんでか、みんな目を閉じて、そこにはマチオちゃんもいる。

「マチオちゃんは、どうして一人だけ目を開けているんや。そうか、マチオちゃんは生きてる子や。ごめんな、お母ちゃんは先に行くで、もう疲れてしもうたんや」

建物にしたら、九階くらいの所から、わたいは飛び下りた。

目を覚ましたのは、病院のベッドの上。右肩の骨が折れて、頭も少し痛い。

「生きている。わたいはどうして死ねなかったのか。本当は、もう少し上に行くつもりでいた。けど、薬が効いてきて、どうにも体が動かなんだ」

あれほどの高さで助かるとは、友だちはわたいが生きていることを不思議がった。

病院から親戚に連絡してもらったけれど、みんなでハワイ旅行に出かけていて連絡がつかない。その後も、誰一人、心配してくれる者はいなかった。癌の治療も含めて、一カ月半の入院。

わたいは、大勢の人たちに、迷惑をかけてしまった。

退院して家に帰ってから、マチオちゃんが死んでいたことを知った。ちょうどわたいが高い所から飛び下りた日の夜、芙蓉の花の咲く石の上で、わたいと別れた同じ所で、わたいの家の方を向いて、死んでいたとか。雨の降った夜のことであった。友だちが、土に返してくれたらしい。

あの時、マチオちゃんだけ、目を開けていた。

「お母さん、ありがとう。もう少し生きて」

そう言って、きっとわたいの身代わりになって助けてくれたのでは……そう思っている。

「今日も無事に生きてる。マチオちゃん、フウちゃん、元気か」

わたいは夜になると、芙蓉の花の咲く石を擦(さす)りながら、涙を流す。フウちゃんというのは、マチオちゃんの母親。この場所で、いつもわたいを待っていてくれた。マチオちゃんもまた、同じ石の所で待っていた。

毎年、夏から秋になると、淡いピンクの可憐(かれん)な芙蓉の花が咲いて、あの親子を思い出す。

神様先生

十六年続いた山歩きも、紙集めも、癌になってから行くことをやめた。みんなのために役に立ちたい。そんな気持ちはあっても、体が言うことを聞いてくれない。元気であれば、ずうっと続けていたと思う。

苦しい癌治療が始まった。週に二、三回の抗癌剤の注射、点滴。腕には注射の跡が残り、その跡が消えないうちに、また注射。進行性悪性癌というのは、手術して取ってもらっても、また別の所から出てきて、止まることがない。飲み薬も山ほど貰い、どれがどれか、わからないほどある。これをずうっと死ぬまで続けるなんて、やっぱり死んでいた方が、楽であったかもしれない。

退院してから一カ月あまり過ぎた頃、偶然にも、あの神の手の先生が、わたいの通っている病院の顧問になると新聞に出ていた。夢じゃない。

わたいの願掛けが、やっと通じる。願いが、本当に通じる。

待ちに待ったその日、わたいはワンピースを着て用意していたけれど、何か足りない。

「これは違う。これ着ていたら、あかん」

癌なのに、辛いことを忘れて、着ていく物に夢中になった。わたいは父親が誂(あつら)えてくれていたジーンズのお空の色を思い出し、水色の上下に着替えて、持ち物も、金具のない物に変えた。

下手な字で、手紙を書く。

「私の神様先生になってくださいね」

そうして、手紙をハンカチに包んで持っていく。

その日の病院は大勢の人だかりで、物々しい雰囲気。あちこちに綱が張ってあった。

神の手の先生、一度見てみたい。

そんなわけで、病院の中は人でごった返していた。先生は、病気の者にとっては、スターであった。そして、その日のわたいは、三十九キロのガリガリに痩せた体で、化粧もせず、点滴もせず、ゴミ箱の隅に立っていた。

手術を終えた先生が帰るため、私服のアロハシャツを着て、何人かの人に守られて病院の出口に向かう時、ふと、わたいの方を見た。

「先生、あちらです」

警備の誰かが言う。

「待ちなさい」

先生は、すうっとわたいの所に来て、

「どうしたのだい、どこが悪いのだい？」

わたいの手を取って、声をかけてくださった。

一念岩をも通す。願掛けのおかげや。

「お名前は？」

「先生、こちらです」

また、誰かが言う。

「待ちなさい。何か、言いたいことはあるかい？」

そう優しく話しかけてくださった。わたいは用意してあったハンカチを広げて、

「私の神様先生になってくださいね」

と書いた、紙切れを渡した。先生は、じいっとそれを読まれて、

「いいよ、あなたの神様先生になってあげる」

そう言ってくださった。

「あなたの、お名前は？」

「先生、私はこの病院のリーダーのおかげでお世話になり、北町の病院でも、命を助けてもらいました。この病院と、北町の病院が、命の恩人です」

「じゃあ、あなたは北町の人にしよう。これから僕が来る時は、いつもこの病院においで」

テレビの撮影があったので、わたいの顔がそのテレビに映った。それから数回、先生が病院に来る時には、わたいをこう呼んでくれた。

「北町の人、北町の人」

名前こそ言わなくても、心が通じて、いろいろとお話をさせてもらった。


その日は、三回目のテレビ撮影。

「北町の人、どこだい」

「神様先生、ここよ」

「自分の神様と思う人には、武器を捨てろ、裸足になれ。神様をお迎えするのは裸足、ハンカチは幸せの涙を拭うためにある」

アバから教えられていた。

わたいは靴を脱いで、バッグも落として、ハンカチだけ持ち、

「先生、ここよ」

神様を迎える儀式を知っていたのは、わたいだけ。神宮の御曹司、神様先生は、その儀式を知っていた。わたいはすごく喜んで、話も弾んだ。そんな時、

「あの声や」

わたいが病院の売店に寄った際、一人の男性が近づいてきて、声をかけられた。

「姉さん、あの時の姉さんではないですか」

いつか死のうとしていた男性だ。山で出会ってから、三年半が過ぎていた。

「わたくしでございます。立ち直ってくださいましたね」

見事に立ち直り、商売に成功したおっちゃんは、本気になって、

「恩返しがしたい」

と、ずうっとわたいを探していた。

病院という病院を尋ね歩いても、個人情報はどこも教えてもらえず、名前もわからない。わたいの独特な声と河内弁、ただ、それだけを手がかりに探してくれていた。新しい病院が建って、この病院でもう探すのは最後にしよう。あの時、病気と言っていたから、もう亡くなったかもしれない。そんなことを考えながら、何人かの部下を連れてソファに座ると、偶然、わたいの声に気づいたそうだ。その頃のわたいはシワもなかったし、想像していたより若く、病気こそしていてもよそ行きの服を着ていたからきれいに見えて、驚いていた。

「嫁さん、質に入れてないやろな」

「おかげさまで、なんとか立ち直れました。恩返しがしたいです」

「立ち直ってくれたら、それが恩返しや。十分やで、もうこれで飲み込んだ」

その日、ちょうどテレビを観ていたホームレスの人たちまでわたいの声に気づき、病院のまわりはそんな人で、わいわいと賑(にぎ)やかになった。

「みんな、ごめんやで。わたいには、もう、あの時の元気がないんや」

その後、わたいは肝臓癌専門のすばらしい先生にめぐり会い、その病院にも行くようになった。余命半年の命が、なんと九年、もうすぐ十年になる。

姉ちゃん

七年ほど前の夏、病院の帰り道、神社の長い参道を歩いていた。スーパーで食べ物を買い、それを肩に掛けて上がって帰る。その日も注射をして帰るところ、長い参道の間を時々、猫が道を横切る。白い猫、黒い猫、茶と白、キジ猫、どこに住んでいるのか、日によって違うけれど、わたいはみんなに話しかけながら上がってくる。

「今日の命や、明日はどうなるかわからん。わたいと一緒や、元気でおるんやで」

ニャーと鳴いて返事してくれる子がいたり、逃げていく子もいる。

駅から東の方角に進むと、大きな鳥居があり、それから神社まで長い参道が続いている。そして、参道のちょうど真ん中あたりに、三体のお地蔵さんが祀られている。わたいはそこに、毎日お水と、時々お花を供えながら、家まで帰っていく。

その三体のお地蔵さんは、山歩きをしていた人が山の中で偶然見つけて、背中に担(かつ)いで持ち帰り、置いてくれた。とても貴重だ。若くして不運な最期(さいご)を遂げた正行(まさつら)ときょうだいのために、誰かが作ったものでは……といわれている。

「今日も無事に生かせてもらっています。わたいも、そして、かわいそうな猫たちも無事でありますように」

そう手を合わせるのが、わたいの日課になっていた。

それを見ていたのが、ある姉ちゃんとその人の娘さん。自然と挨拶を交わすようになった。話を聞いていくうちに、姉ちゃんは、あの時のチャーちゃんの命の恩人であることがわかった。あの時わたいは死ぬつもりでいたから、姉ちゃんの顔も見ずに帰ってきた。この人が、あの時の人。優しそうで、卵顔の人ではないか。この人もわたいと同じように猫のことが大好きであることがわかった。チャーちゃんは、あれから一カ月ほどして、どこに行ったか、来なくなったそうだ。たぶん、山に死に場所を見つけて、行ってしまったと思う。外猫のほとんどは、エイズと白血病、そしてカゼをこじらせて、死んでいく。どうにも助けようがない。

姉ちゃんとは、時々、参道で会い、だんだんと親しくなっていった。本当はわたいより十歳も年下なのに、なぜか頼りになり、困った時にはすぐに手を差し伸べて助けてくれる。だから、わたいは「姉ちゃん」と呼んだ。

ある時、以前の縁で健康食品の会社からコマーシャルの依頼が来て、わたいは地方のテレビに映ることになった。病気と付き合いながらも忙しい毎日で、気が紛れた。その間でも、癌というものはかけ足みたいに進んでくる。肝臓にできる癌は、葉脈のように何本かできて、それを取ってもらってもまた新しく別の所にできる。形を変えて出てくる。それを繰り返しながら、そして、その再発が早くなる。なんといっても、体がだるい。

秋には、造影剤検査が行われた。その時にわたいの心臓が止まった。しかし、間一髪で心臓マッサージが行われ、命を助けていただいた。幸いにも、脳に後遺症はないとのこと。その代わり、心臓マッサージが急を要したため、若い時の思い出のワンピースが、わたいの胸元から裾までズタズタに切り裂かれて、命を取り止めた。

「助けてくださった先生、ありがとう」

姉ちゃんに、来てもらった。造影剤の副作用で体力がないために、カゼをひいてしまった。癌であるがゆえに、カゼ薬は負担になる。飲まずに我慢し、自然に治るのを待つしかない。夕方から夜にかけて、熱が出て苦痛であった。

「いよいよ、お迎えが来るのか」

身辺整理をする。苦しむ度に、もう駄目かと思う。

それから一カ月、わたいは、また元気になった。その時、二代目まっちゃんに会いたくなり、空き家のお屋敷に向かう。未熟児で生まれて、哺乳瓶でお乳を飲ませた子猫を保護しようとして姿を隠した子が、七年あまり過ぎて、わたいの前に現れた。覚えていたかはわからないが、お屋敷のそばを通った時、足元に出てきて、ニャーッと鳴いた。

「まっちゃん、覚えてくれてたか、お母ちゃんやで」

七年間、どんなことをして生きていたのか。もう死んだものとあきらめていたから、今まで捜さずにいたことを悔やんだ。姉ちゃんとこの外猫の分をこっそり盗み食いして、今まで生きていたのか。

チャーちゃんの恩人、姉ちゃんは、家族全員が動物好きで、家の中にたくさん動物を飼っている。どの子もみんな保護した子ばかり。片目の子もいる。増えると困るので全員去勢して、大事に大事に育てている。わたいと出会う前には、狸の夫婦が五匹の子供を連れて、庭先に遊びに来ていたという。でも、最近はほとんど見えなくなった。

わたいがつい最近までやってきたような動物の世話に明け暮れていて、大変である。

わたいは、まっちゃんという生き甲斐を見つけた。辛い体を引きずって、まっちゃんに会いにいく。その時は、病気のことも、いやなことも、何もかも忘れられる。ゴロゴロと土の上でひっくり返って、愛想良くしてくれたり、大きな木の根元で爪研ぎをする仕草が可愛くて、猫たちと一緒にいたいと思う。

キジに茶の混ざった、決して美人猫ではないまっちゃん。でも、お乳を飲ませ育てた、わたいが母親である。

いつの間にか、わたいのことをみんなが、「猫ちゃん」と呼んだ。名前がわからなくても、髪の毛が茶色で目立つから、「猫ちゃん」だと。

だんな

「町子、助けてくれ。わし、三日もめし食うてない」

だんなからそんな電話があったのは、四年ほど前。外から帰ってきて玄関で転んだ時、どこか打ったらしく、わたいに助けを求めてきた。わたいが癌になったことを知り、

「おまえの面倒は、俺が見てやる」

そう言って、わたいのためにベッドまで買っていた。でも、わたいは、

「世話になりたくない」

そんな気持ちで頑張っていた。毎晩のように電話をしてくれて、わたいの様子を確かめる。

その時、ちょうどわたいは検査の後遺症で、体中に紫色のアザができていて、外に出られた状態ではなかった。全身の痛みのために不眠も重なって、体の調子がいま一つ。

わたいは布で顔を隠し、友だち何人かに連絡して、一緒にだんなの所へ行ってもらうことにした。傘を杖代わりにして、よたよた歩いていった。だんなは、動くこともできず、あお向けになって倒れており、辛そうな顔をしていた。

近所の人たちが何人か集まり、誰かが救急車を呼んだ。病院に運ばれると、そのまま入院が決まった。

だんなは転倒の打撲で、腰骨が変形した上、糖尿病も患っていた。

病気のわたいが、だんなの面倒を見る羽目になってしまった。動けないわたいを見て、姉ちゃんが、わたいの代わりに動いてくれた。

あの時以来、だんなは自分の家に帰ることなく、病院と介護施設を点々とまわされて、途中で胃癌も見つかり、手術をしたりして肺炎を患った。

「町子、すまんな、俺が面倒見るつもりが、こんなことになってしもうて。今まで籍も抜かんと、かわいそうなことをしてきた。おまえの父親には世話になった。あの家は、姉の世話をして、俺がもろうた家や。おまえが病気で困った時は、おまえの家を売って、俺の家に住め。バス通りで駅も近いから、体は楽やと思う。そうしてくれ、おまえに何もしてやれなんだ」

だんなの最後の電話であった。それから数日後、亡くなった。

「だんな、ありがとう」

生きていた時は、あまり優しい言葉を言わずに淋しかったと思う。けれど、わたいの男みたいな性分は、死んでも直ることはない。こんな性格を、

「俺は好きや」

だんなが、よく言ってくれていた。

肝臓癌まっしぐらのわたいの体は、だんなのお墓まで行くのが苦痛。家から少し離れた、坂の上にある。

お正月が来て、赤々と南天の実のある真ん中に、きれいな木を見つけた。

「この木を、だんなにしよう」

それなら、毎日、手を合わせられる。

「だんな、ありがとう」

「ありがとう、山の子たち」

「ありがとう、お友だち」

そして、

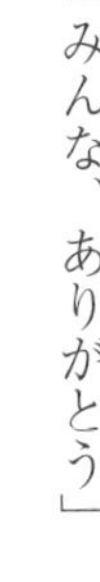
「みんな、ありがとう」

わたいは、明日、再発した癌を取り除いてもらうため、入院する。

終わり

著者プロフィール

大牧 青以（おおまき あおい）

1948年生まれ。
高知県出身。
縫製の仕事に40年携わる。
大阪府在住。

アバ 白蛇と滝行、そして猫がいた

2017年3月8日　初版第1刷発行

著　者　大牧 青以
発行者　瓜谷 綱延
発行所　株式会社文芸社
〒160-0022 東京都新宿区新宿1－10－1
電話 03-5369-3060（代表）
03-5369-2299（販売）

印刷所　株式会社フクイン

ISBN978-4-286-18055-7